珠光寶氣

珠光宝气 荆歌 著

後記 357

他日物歸誰 261

一 143

刻

香 201

如

故

珠光寶氣

目錄

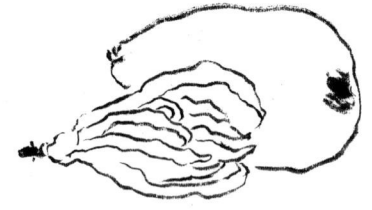

珠光寶氣

周芳方心悸、失眠、食欲不振，算起来已经有三个多月了。"到底是谁要害我？"她一直想这个问题。其实那只是一起普通的车祸罢了！"以后走路小心点就是了！""我怎么不小心了呢？我哪里不小心了？我一直是在人行道上走。走路要走人行道，我懂的。可是，他开到人行道上来撞我呀！"那辆摩托车，冲上人行道，把周芳方撞倒了。虽然身体无甚大伤，但脸摔破了，头上撞出了一个大包。她手腕上戴的一串紫水晶珠子，也被撞断了，散了，东滚西散，在马路上像小虫子一样四处乱爬。

周芳方有很多情人，却没有仇人，但她坚持认为，是有人故意要害她。那一场医疗事故，她虽然只是麻醉师，但是人死在手术台上，她眼睁睁看着的。死者家属每次来闹，也都会吵吵嚷嚷地来找她，不把她放过。

她经常会在街上，见到那几张面孔。有时候是在梦中。死者的家属中，有一个人，长得与她的某个情人甚为相像。这些脸给她压力。她有几次，都拨通了那个男人的手机。她是要约他过来见面吗？看一看这张脸，与她经常在大街上以及梦中所见到的那个死者家属，到底有什么样的联系。

他不接电话。她也知道，他不会接她的电话。他从很久前就不接了，他要回家去做好丈夫。如果他接了电话，她反倒会吓一跳的。她已经记不得他的声音了。她拨了N遍，依然是"无人接听"。不说明原因，事后也不作任何解释。这个男人，是她所有情人中最特别的一个。正因为特别，所以令她难忘。女人有时候真是贱啊，越是对她漫不经心的男人，越能让她念念不忘。周芳方的身边，一共有多少男人呢？哪一个是让她一直主动去联系的呢？只有一个，就是那个总不接她电话的人吗？

手上的紫晶珠串，是汪明送给她的。他是她小时候的邻居加同学。那时候，她的印象中，这个汪明，几乎天天挨打的。她经常听见隔壁传来汪明父亲的狮吼，以及啪的声音。是挨了耳光呢，还是巴掌甩在了头皮上？有时候，汪明会突然大叫起来。这时候周芳方的心，就会被揪起来似的。"这下，一定是打痛了！很痛吧？"她想。

初中毕业之后，周芳方家搬到水关桥新村，就没再见过他。重逢发生在一个热闹非凡的同学会上。汪明看上去意气风发，已完全没了少年时代受气包的样子。周芳方像打量陌生人那样上上下下地看他，最后发现了他手上的珠子。"怎么男人也戴这样的珠子呀？也太漂亮了吧！"周芳方说。

"水晶是不分男女的！"汪明说，"水晶的磁场非常强大，不管男女，戴了都健身强体。"他豪迈地把水晶手串取下来，送给了周芳方。他看着这位昔日的芳邻，脸上突然有了羞涩的表情。

"经常性的失眠、心悸，并且厌食，会不会是抑郁症？"汪明说。

"你又不是医生！"周芳方说。

"那你是医生吗？"

"我是麻醉师，我怎么不是医生呢？"

"麻醉师就不会得抑郁症了吗？"

对话显然是越来越没有逻辑了。周芳方想，汪明的妻子一定是得了抑郁症，否则，一个正常人，要从五十多层高的楼上跳下去，需要多大的勇气啊！站在窗边，看着楼下遥远的地方，小小的车，小小的人，车和人，小得如蚂蚁和甲虫。敢于跳下去的人，一定是真的得了抑郁症了。得了这种病，也就不怕死了。反而把死视作一种解脱了。"我怕死吗？"周芳方自问。她觉得自己不仅怕死，而且非常怕死。那我就不是抑郁症，一定不是！

周芳方被撞，她的手串断了。水晶珠子在大街上东滚西走，

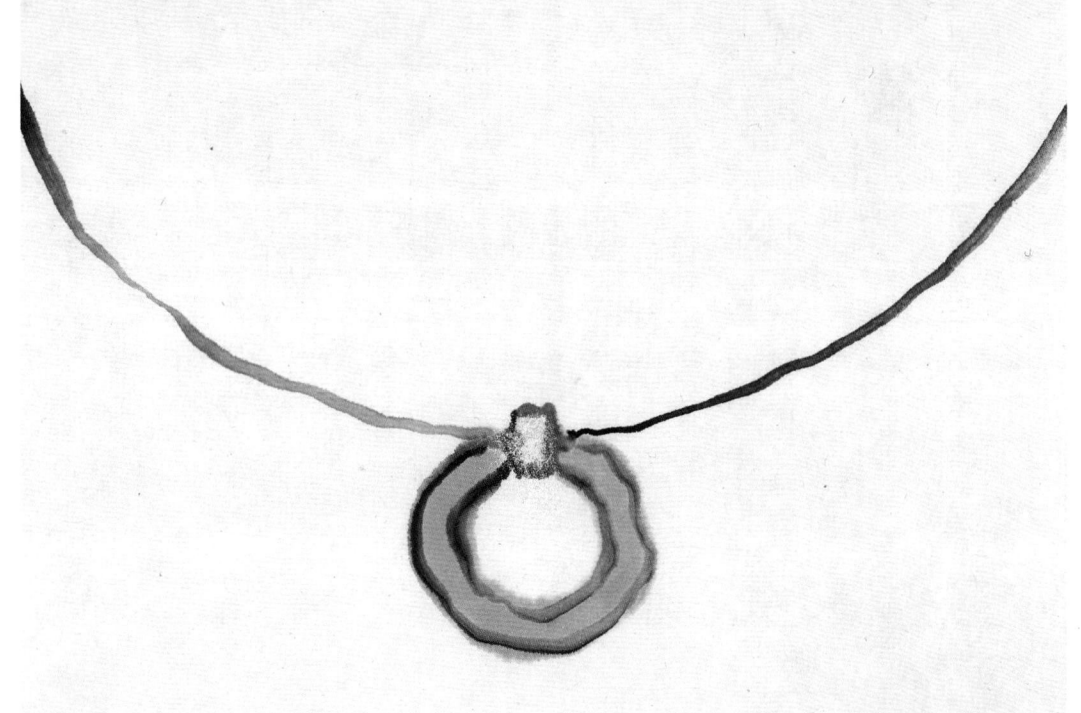

战国水晶项链 千年而独新

等她还过魂来，忍着疼痛，只在地上拣回了两颗。两颗珠子，在雨后的阳光下，闪现出奇异的光彩。疼痛和恐惧，令环境轻飘飘的，歪歪斜斜的。她看清楚了这两颗珠子，其中之一，竟然是碎的。它有一个明显的缺口。而且向着光看，可以看到，它的内部，有一道裂缝。周芳方傻傻地看着珠子，仿佛看到了破碎的自己。破碎的身体，和破碎的心。

她扔掉了那颗破珠子。只捡回一颗完整的，握在手心。

"只剩一颗了？你疯了吗？"汪明的眼睛瞪得大大的，看上去他太吃惊了。

周芳方很反感他这样的表情，说："不就是一串水晶吗，有什么大惊小怪的！又不是稀世珍宝！"

汪明说："你说对了呀，就是稀世珍宝呀！这是战国时候的水晶呀！"

"战国？不会吧？距今两千多年的战国？"

"还有其他战国吗？"汪明几乎是咆哮起来。这让周芳方想起他的父亲，那时候住在隔壁，她经常可以听到这样的吼声。不过不是汪明发出来的，而是他的父亲。

"战国,当然是战国!是战国时候的齐国!而且,只有大墓里才会出这样的珠子!"

"不会吧?战国的珠子怎么会像新的一样?"周芳方摆弄着手上仅存的一颗珠子,觉得不可思议。

直到在马路边的椅子上坐下来,汪明的情绪似乎才慢慢平复下来。他拿起那颗仅存的珠子,对周芳方说:"你看,它的孔,完全是透亮的。这就是古代低速钻孔的典型特征。水晶很硬,它的硬度高于和田玉,更高于玻璃,达到摩氏七度以上。钻孔的速度稍快,水晶就会崩口,孔道就一定不会这么透明,应该是磨砂状的。"

"真的假的?"周芳方接过那颗珠子,看它的孔洞,确实是,透亮的。

"你再看它的洞,是两头对打的,两边都是喇叭孔。为什么是喇叭孔呢?古人打孔工具没有现在先进,而水晶的硬度又大,所以磨损非常厉害。钻头越深入,磨损越严重。所以孔洞开始大,渐渐就小了。"

"那为什么两头对打呢?"

"一下钻不到头呀!"

两个人看珠子，头都凑到一起了。周芳方突然发现，他们面前，站着一个卖花的小姑娘。"你吓了我一跳！"周芳方说。

"叔叔买朵花吧！"

汪明说："我不要花！"

小姑娘说："买朵花给姐姐吧！"

"你是姐姐，我是叔叔，辈份大了啊！"汪明说。

"你长相老呗！"周芳方咯咯地笑起来。

汪明接过小姑娘的花，说："你叫我哥哥，我就买。"

小姑娘却说："叔叔买朵花吧！"

"叫我哥哥！"汪明说。

小姑娘依然说："叔叔买朵花吧！"

周芳方想，这个小丫头，和我小时候一样倔啊！

和小姑娘纠缠了半天，还问了价，汪明最终还是没买花。最终周芳方掏了十元钱，为自己买了一朵玫瑰。她喜欢花，尤其是玫瑰。有多少人会送花给她啊！可是今天，她只能自己买一朵。

"十元也是钱啊！"这句话，周芳方不止一次听到汪明说了。他们有收藏癖的人，或者说玩古的人，都有这个毛病吗？买一件古物，成千上万元，甚至十几万、几十万、上百万，就是一粒小小的珠子，也要几千甚至上万，他们买起来似乎毫不心疼。但是在日常生活中，要他们掏一分钱都难。比如，十元钱为她买一朵花，他都不肯。

汪明舍不得十元钱为她买花，却会把战国时期的水晶玩串送给她吗？"那是真的吗？"

"怎么会是假的呢？"汪明似乎急于分辩，"假的会有这样的光气吗？你去皮市街水晶店里看看，新的水晶是什么样子的。"

"你怎么就能肯定它是战国的呢？"周芳方似乎是故意要与他抬杠，"而不是汉代、唐代，或者是明代的呢？"

"形制啊！"汪明提高了嗓音，"明代有明代的形制，战国有战国的形制。博物馆、有关专著，都有出土标准器的！"

"那你的东西是哪儿来的呢？是从博物馆偷来的吗？"

汪明一点也不觉得周芳方幽默，他吵架似的说："朋友那儿买的呀！"

"你朋友又是从哪里来的呢？"周芳方继续逗他。

老牛和汪明是在论坛上认识的。他们聊得很多很多，打过电话，当然也做过很多买卖。就是没见过面。当然最终，他们还是见面了。只不过，那一次见面，也成了他们的最后一次。

老牛是邢台人。他们那一带，是古齐国，就是出战国水晶的地方。西周之前，贵族的佩饰是以玉和玛瑙为主。到了战国时代，东部的齐国崛起，佩玉之风大变，贵族士大夫们以水晶为材，制作了大量精美无比的珠、环、管等饰品。其先进的琢磨工艺，即使今天看来，也是登峰造极炉火纯青。像碟形珠、多棱珠、三才环等，线条挺拔流畅，造型简洁高雅。高等级大墓里出来的东西，光亮如新。实在让人难以相信，那是两千多年前人的手艺。

汪明从老牛那儿买东西，最早是三百一颗珠子，五百一个管。渐渐地行情看涨，五百八百一件，到后来，一千都买不到一颗像样的珠子了。汪明在论坛里看到有人说，古珠的亿元时代很快就要来到。这话虽然有些夸张，但是古珠的行情一路看涨，却是事实。北京翰海那场天珠专场，一颗十二眼天珠，就是一千八百多万落槌的。珠子作为一种最古老的饰品，正在受到越来越多人的喜爱。且不说李连杰、王菲、黄圣依那样的明星，他们所佩戴的珠子，绝对价值连城。普通百姓，如今腕上绕一串珠子的,也是比比皆是。珠子虽然越来越贵,但比起其他古董来,毕竟还是便宜些。尤其是对于城市中产来说,花个几千元,哪怕几万十几万,买串珠子戴,经济上是完全承受得起的。不过,真伪问题,永远是玩古的一个最大,也是最严重的问题。说是西周的玛瑙,它真是西周的吗?不是上周的吗?说是战国的珠子,它真是战国的吗?不是民国的吗?

老牛说他十二岁的时候就跟大人一起去盗墓了。那时候,他们只要青铜器和金银器、玉器。挖到珠子和玛瑙环之类,总是随手就丢弃了。而现在,珠子都值钱了,就再去挖。盗墓不敢打手电,什么光都不敢有,黑古隆咚地连泥带砂掘了往筛子里倒。粗筛一遍之后,再装进蛇皮袋。一切都是摸黑操作,打火机都不敢亮一下的。否则就可能被发现。有时候,一袋砂土背回家,里面可能只有一粒两粒珠子。许多时候,一颗也没有,尽是些小石子。

周芳方失眠、心悸、食欲不振的原因,莫中医认为,也许还是心病。莫中医虽说是周芳方的同事,他们在同一所医院工作,以前却几乎不认识。因为身体不好,闺蜜小毛劝她去请本院中医看看。小毛对莫中医推崇得很,说他还懂气功和周易八卦命理风籠畜鳳雨兩塒鷃不見仿佛紅梨衾白鹿庭事勝賞奇句改自下付清膠管更嘆老東不人間多賴石玉苕聽新翻經模辭聖黑雲凹玉中停攔仁如夢識前夢回首何堪致裒荊蘭二筆春豆後產毛去壽槐珀名雲多紅玲瑯珠子高峻徑行多

明代的烟台
子孝
昆家
朝则
比较
少见
墨公句

水。去见见他,不光可以看看病,还可以测测未来什么的。

周芳方觉得,莫中医这个人不太正经。他这个年龄,看女人的目光有一种脱衣扒皮想要攫取什么的意思。也许正是这一点,才使毛闺蜜对他崇拜的吧?"他能看到你的心里去!"小毛对周芳方说。

周芳方也反过来用自己的目光将莫中医剥光。毕竟这把年纪了,她想象他的身子是干瘪的。鸡巴软塌塌的像条蚯蚓。她这么想着,差点儿笑出来。在周芳方的经验里,这样的男人,虽然特别好色,但是真到了床上,表现一定十分差劲。而且,这种人,常常又很爱面子,不愿承认自己的低能,总要十分可笑地找出一些理由来解释。"他是不是这样的人呢?"周芳方突然有了好奇心。

莫中医的一些话,倒是着实令周芳方耿耿于怀。莫中医好像说了不止一遍,他建议她不妨试试,弄一件老物件来戴在身上。这样可以辟邪。

莫中医说:"要那种很老的东西,比方玉。最好是汉代的玉。"

周芳方回到家,莫中医还给她打来电话,说:"你真的可以试一试呀,很灵的!"他还说:"我有一块汉代的玉,你可以先拿去戴。"

周芳方满脑子想的是,汪明送给她的那串珠子,说是战国水晶,恐怕是骗人的。战国,不是很老吗?不是比汉代更古代吗?怎么就不能辟邪呢?我一直套在手腕上的,怎么会好端端地走在人行道上,也会有摩托车冲上来撞我呢?珠串撞断了,七零八落满地滚,最后只剩下了一颗。虽然只是一颗,但毕竟是老珠子呀!莫中医说了,佩戴一件古老的东西在身上,就可以辟邪,就能治好失眠、心悸的毛病。他是不知道呀,她的身上,是一直戴着一个老物件的。战国的水晶珠,很老很老,不是吗?但是,她竟然被摩托车撞了!而心悸、失眠,似乎越来越严重了。这到底是为什么呢?原因不外乎两个吧。一是什么老物件可以辟邪,那纯粹是无稽之谈,是迷信。作为医务工作者,难道会相信这个吗?医生应该相信科学,尤其是她这种西医出身的麻醉师,医科大学五年书白读了吗?但是现实的情况是,周芳方的很多同事,都很迷信。许多人家里买房子、装修,都会请懂风水的人来看一看。而对于星座,血型与人的性格和命运,大家也都是兴趣浓厚。想想也是,医生为什么就一定不迷信呢?人生在世,无奈

連雲港孔望
山崖壁佐偽
山勢刃浮雕
眾多人物
有實
歃黃百
戲圖史
树吉先生
認爲造像
庭一是佛
教題材屯立
佛龛書生

玄武
紋瓦
當

甲午龍累冬
美軒

的事情实在是太多太多了。好多好多的事,那些令我们困惑、恐惧、不解的事,实在是科学无法解答也无法解决的。谁都不能否认,在看不见的地方,是有一种力量,在主宰着你的命运,在左右着你的生活。生老病死,医学的存在,似乎就是专门要解决这些问题的,但是,它解决得了吗?作为一名医务工作者,周芳方一点都不相信医学。她觉得医学其实解决不了任何问题。她看到了太多的盲人摸象,太多的隔靴搔痒,太多的无事生非,太多的南辕北辙,太多的徒劳无功。医学在她看来,只是一个行业,只是一种产业,与人道与拯救完全没有关系。什么样的病是可以治好的呢?是那种本来就会自愈的病,或者是那本来就不存在的病。真正的病,是治不好的。比如她的失眠与心悸,吃了种种药,好了吗?没有,完全没有!

所以她宁愿相信,莫中医是有道理的。但是——

唯一的解释就是,汪明给她的水晶珠,并不是什么老物件。战国个屁!恐怕连民国都不是!也就是中华人民共和国罢了!

汪明打电话给老牛:"老牛,你不可以骗我!你卖高仿的珠子给我,这样很不够意思啊!"

老牛没说什么，就把电话挂断了。再打过去，就是关机。汪明很火大，接二连三地打。又到QQ上留言。见老牛没有任何反应，便去论坛上发帖，挨家控诉老牛的骗子行径。许多人评论，有骂骗子不得好死出门被车撞死的，有劝汪明冷静，别仓促下结论，也许是场误会。也有人建议版主将老牛列入黑名单。

很快老牛的电话来了。老牛很生气，比汪明还要生气。他谴责汪明不该不管三七二十一去论坛发帖，败坏了他的名声，侵害了他的权益。他特别强调，他的所有东西，绝对不是高仿，件件都是大开门的真品。东西对不对，不是某一个人说了算的。"我老牛说了不算，你汪明说了也不算！"那么，谁说了算呢？老牛说："你拍了高清图，风化、光气、孔道，都拍清楚，贴到论坛上，让大伙儿评。如果多数人说对，那么就假不了。如果都说假，那我老牛就认了，假一罚十，你退给我！"

至于挂断电话又关机，老牛说，是手机没电了。"我赶紧找个地方充电，赶紧给你回电话，你还要我怎么样？"

汪明说："不管是真是假，我都不想要了！"

老牛说："可以啊，完全可以啊！"

"那我寄还给你吧！"

金遶上古珠 多金黃八龍
藏珠子乎 燈下將眾
遺古珠不 起以作消
金說話 卻獨買貝靈
扁光好一具 性如圓眈
小個寫壽 苦衲光奴
行使丟又見 金游之串
托罣物為 蕉

老牛说："没问题啊！好啊！你全寄回来吧！汪兄我对你说啊，像我这种大开门的战国珠子，存世量少啊！实在太少了！而且只大墓才出。你还给我，我要谢谢你啊！我现在这样的价格，收都收不到啊！你寄回来吧，一颗都别剩，全部寄回来！"

汪明听老牛这么说，心中反倒突然有一种不舍。是啊，凭什么说老牛的珠子一定是高仿呢？你看那光气，那牛毛纹，那孔道，是今天仿得了的吗？今天要把水晶加工成这样，非得借助现代工具不可。而一旦使用现代工具，一定会在器物上留下现代工具的痕迹。如果今天也用古人一样的工具和方法来做，那是绝对做不到古人那样的好。古人有一颗古人的心，而我们没有。古人安静、认真、虔诚，古人舍得花时间花精力。哪怕半辈子一辈子也在所不惜。今人急功近利，满心想着赚钱，求产量，求速度，求效益，做出来的东西，必有浮躁之气，怎么能与古人比呢？再说了，东西寄还老牛，汪明还担心他不退钱呢！因此汪明不仅没有把东西退给老牛，反倒又向他买了一些。

莫中医说："你要是嫌贵，你就别拿这块汉玉了。这串琉璃珠子也是汉代的，比较便宜，你可以拿去戴。"

周芳方说:"琉璃不就是玻璃吗?汉代也有玻璃吗?"

莫中医说:"当然有啊!更早的时候就有了,只不过那时候不叫玻璃。"

"那还不一样!"周芳方说。

"不一样的。那时候的玻璃,是低温玻璃,成分和今天的也不同。今天看起来玻璃不值钱,但是在古时候,它们就是宝石。你看这样的一串蓝琉璃珠,在汉代的时候,绝对是稀罕物,只有贵族才用得起!"

"那这个要多少钱?"周芳方问。

莫中医说:"这个不要钱,就送给你了!"说着一只手就搭到了周芳方的肩膀上。

汪明看见周芳方脖子里套着的琉璃珠,吃惊得就像大白天看见了鬼:"你这是哪里来的?"

周芳方被他问得脸红了一下。她的脸居然红了,烫烫的。她还极力要掩饰自己的紧张似的,却因此表现得更慌张了。"莫中医说,戴了汉代的东西,就不会再失眠心悸了。"

汪明说:"你一个医务工作者,竟然相信这个?我可从未听说过戴老珠子可以辟邪。我倒是只晓得,有些人,十分忌讳出土的东西。"

他似乎欲言又止。周芳方有一种预感,觉得他有可能会说到他的妻子。她认真地看着他,十分期待的样子,等着他即将说出口的话。

汪明终于吞吞吐吐地说:"我老婆,我老婆就是。以前,她活着的时候,就特别讨厌老珠子。你是知道的,我们家有很多老珠子。我希望她戴,她皮肤白,无论是绕在手腕上,还是套在脖子里,都很好看。可是她不愿意。她说从墓里出来的东西她怕的,她觉得脏。"

周芳方没见过汪明的妻子,但她似乎一下子就想起她的面容了。好像她的记忆深处,一直存着这样一张人脸照片,没道理就冒了出来。那个女人,她涂了很厚的粉底,脸白得就像戴了一个面具。她有一双惊恐的大眼睛。现在听汪明说起她害怕出土的东西,说那会令她联想起坟墓和死尸。

"她说,她经常做噩梦。是那种非常可怕的梦。她就怀疑,都是老珠子在作祟。她一靠近它们,就会闻到坟墓的气息,"汪明说,"她希望我再也不要弄这些东西回来,否则就要和我离婚。"

"你为什么不答应她呢?"

"可是我喜欢珠子呀!"汪明十分自私地说,"古珠是非常了不起的东西。从猿到人,学会使用工具是第一次飞跃。而知道制造珠子,用珠子来装饰自己,那是人类的第二次飞跃。是更大的飞跃。那是审美的觉醒,比第一次物质的飞跃更伟大,所以古珠真是太了不起了!咱们一向不太重视它,这是不对的。老外就很重视,大英博物馆、大都会博物馆,中国古珠都是他们的重要藏品。"

"这个也是吗?"周芳方指指自己脖子里的琉璃串。

"当然是!"汪明说,"汉琉璃,与西周玛瑙、战国水晶,还有红山、良渚的玉珠,都是国宝!"

他突然神色严峻,抓住周芳方的手,问:"你是哪里来的?是莫建华卖给你的吗?"

"是啊,那又怎么样?"周芳方虽然嘴上很硬,但她心里其实很怯。她怕他这种表情。当然,她更担心汪明最终会知道,琉璃串是莫中医送给她的。

她为什么要在乎呢?对她这样一个阅人无数的女人来说,这很不正常吧!为什么要害怕呢?难道说,她是爱上汪明了吗?这

開籠啟戶親宜同
旦畫壺斟涼煙美休
只是嚼茶玩自己
的珠子
乙未羅公兩

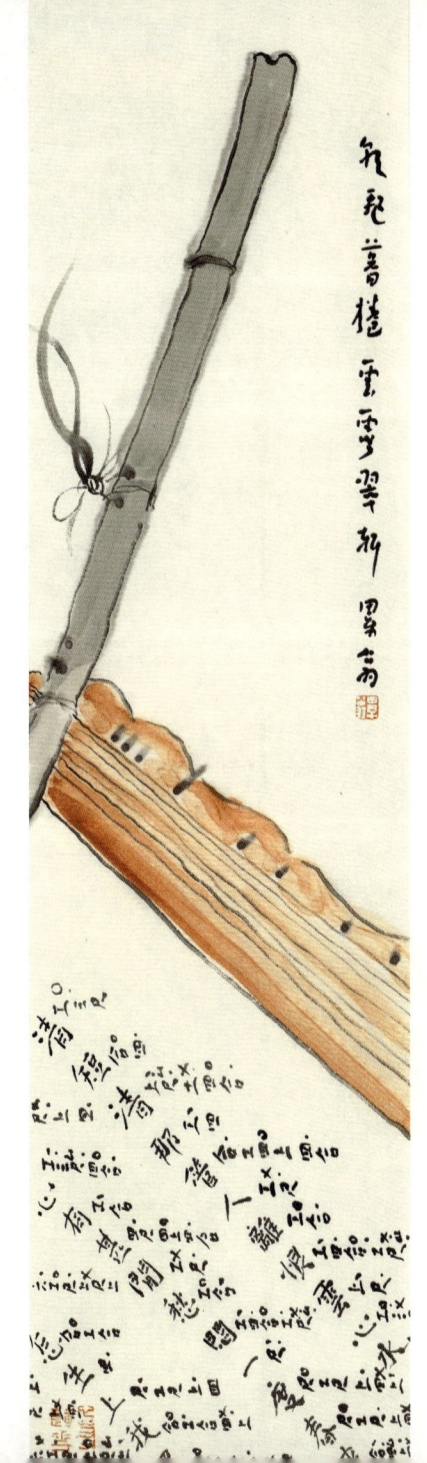

一盘棋不繁荣华此是老归处霞客

个从前的同学加邻居,在她心目中一直是有点窝囊的。她以前可曾想到过,有朝一日,她会爱上他?

汪明的妻子贾福真活着的时候,是一个十分开朗的女子。她开了一家小茶馆,装修得很是幽雅有味。墙上挂着书画,还有一张古琴。古琴是常熟的一位制琴师所斫。此人是虞山琴派传人。贾福真跟他学过几个月,发现自己实在缺乏这方面的天赋,便放弃了。琴成了茶馆的装饰。茶馆吃茶的人不少,吃茶不用埋单,这样生意更好。除了经营茶叶,福真还兼营一些茶具。尤其是紫砂茶壶,卖得更是不错。福真去宜兴订了壶坯过来,请几个经常来吃茶的书画家朋友在壶身上写写画画。又请会篆刻的朋友刻了,最后送到宜兴去烧。这样的"文人壶"颇受欢迎。壶非名家所制,来价不高,但泥料是正宗的。加上"壶因字贵",上头刻了名家书画,壶的价值就大大提升了。福真人缘好,写写画画乃至镌刻,也都是茶客们友情相助。逢到有新茶、好茶来,福真便会给这些人送上一些。包装独特,文雅精美。那些鸿儒雅士,自是不胜喜欢。

汪明玩珠子,与其他人的玩古也是一样的。藏品必须要流动。左手进来,右手还要出去。保留好的,淘汰次的。不断升级,以藏养藏。如果不是这样,那一定是玩不下去的。因为收藏这个行当,最是烧钱。你即使有再多的钱,也还是缺钱。因为不断地有好东西、更好的东西在诱惑你,永无满足的一天。你纵有亿万资金,到了拍卖会上,也只是沧海一粟。

汪明希望能放一些想要出掉的珠子在老婆店里代售。他知道,来妻子茶馆的,都是一些优质客户。他们既有可能喜欢上珠子,也有能力购买。但是福真不肯,她讨厌古旧的东西。尤其是出土的。她平时所戴,脖子里是一块新工的和田白玉,腕上套的是一个翡翠紫罗兰镯子。"我喜欢新东西!"她经常这么说。

所以汪明只能放一些新珠子在老婆的店里。南红珠子、星月菩提、金刚子、菩提根、紫檀珠子、檀香珠子、琥珀蜜蜡珠子,还有砗磲、青金、绿松之类。反正都是新珠子。福真为他设置了一个专柜,也并不用心去经营。

珠子很受欢迎,卖得还真不错。许多茶客腕上渐渐都有了一串珠子。来茶馆里吃茶清谈,也多了一种交流的内容。什么包浆出来了,什么半个月就"挂瓷"了,什么"文盘"、"武盘"、"意盘"啦,术语一套一套的。

莫中医也是福真茶馆里的常客。对于饮茶,他有一套独特

白玉不琢亦事,說玉琢料佳,所謂白玉無瑕,全文無字,又富平安乃無之意,乙未冬月

凡烹茶先以熱湯洗茶葉去其塵垢冷氣烹之則美罢公羽

喫茶要有好茶葉好水好茶壺良以鏡以及古樸之碗當然好心情也。尤為重要。甲午重陽後二日墨翁

的说辞,或者说是理论吧。他认为,吃茶一定要讲究气场。在什么地方喝,与什么人一起喝,在什么时间喝,喝茶时所面对的方向,这些,是比喝什么茶更为重要的。中国人就讲究个阴阳八卦平衡,喝茶如果只是解渴,那是另当别论。如果是茶道,那这些是必须十分讲究的。他每次来,都要对茶馆指出一些问题。不是这儿不对,就是那儿需要改进。而福真因为比较相信中医,并且对莫中医也一向尊重,所以凡他所指出和建议的,皆一概接受与听从。唯有一件事,她是不敢苟同的,差一点还与莫中医争吵起来。她说,若是她能够接受出土的老物什的话,她就答应老公在她的专柜里摆上老珠子了!她希望莫中医再别提这样的建议。

但是,那么排斥老东西的福真,后来还是戴上了一串老珠子。因为,她的子宫肌瘤开刀出来,发现其实是一个恶性肿瘤。

福真以前一直讲,她要是有朝一日得了癌症,她是一定拒绝治疗的。因为她说,她活这么大,还从未见过一例癌症病人通过治疗治好的。手术、化疗、放疗、再手术,也就差不多完了!倒不如一开始就什么都不要做,该吃吃,该穿穿,最后就带上积蓄出去游山玩水。一样要死,至少不用在医院吃那么多苦,遭那么多罪。钱财耗尽,最终难逃一死,而且往往死得更早,死得更惨。

如果最初诊断出来就是癌，福真是决不会愿意去开这一刀的。只是子宫肌瘤，再普通不过的一种妇女疾病，动一刀，把子宫摘了，也就万事大吉了。对于那些想要孩子的人来说，拿掉子宫，当然是一件很悲催的事。好在福真与汪明结婚后，一直没有孩子。至于始终没有怀孕的原因是什么，他们也不知道。他们也不想知道。他们觉得两个人很好，没有孩子也挺好。他们甚至连养一条狗的想法都从未有过。他们是两个贪图自在的人，各有各的爱好。一个醉心于玩珠子，一个则几乎天天泡在自己的小茶馆里，吃吃茶，聊聊天，听听古琴曲。每年两次，她还要去福建和云南访茶。一边寻茶、学茶、买茶，一边游山玩水。因此，把子宫切掉，对福真来说，一点都没有问题。

谁知道竟然是恶性的！福真很绝望，有好几天，她茶馆也不去，手机关掉，闷在家里睡觉、发呆。

汪明知道她脾气，什么都不劝。只是去买福真平时爱吃的东西，披萨、蛋挞、绿豆糕、海棠糕、肉月饼、满记甜品、芝士蛋糕，一样样轮流买回家，放在床头柜上。福真总是一样样吃掉。放什么吃什么，一点儿都不剩。

等福真重新振作起来，又去茶馆吃茶会客度日，莫中医对

聊为鬼画作消遣 梦多
付与风吹此夜凉
写去秋玛瑙竹节页
先物配宋珠绦大雅
乙未墨公书珂

她说:"你的病,就是气场出了问题。不用治,不要化疗,也不要吃药,只要把气场改过来,磁场变了,气慢慢顺了,病也就好了。"

至于具体怎么改变气场,其实很简单。莫中医拿来一根线,线上挂着一颗玛瑙竹节管,让福真戴上。他告诉她,这不是普通的玛瑙,这是西周时期的玛瑙。"你看,"他对福真说:"你看它的孔道、光气,还有表面的风化纹,是大开门的西周的东西。两三千年前的东西啊!是真正的高古珠宝,是国宝啊!这是西周贵族佩戴的,只有诸侯国君的墓里才出这样的国宝啊!"

福真说:"我们家好像也有几个呢!"

莫中医说:"真品很少很少。"

福真说:"可是,我怕这种出土的东西,是坟墓里挖出来的呀!"

莫中医说:"两千多年,坟墓里的东西早就灰飞烟灭了。而且,我拿到家之后,在84消毒液里泡过一夜的。"

福真不知道,这根玛瑙竹节管,正是她丈夫卖给莫中医的。是真是假,她不知道。她戴上这东西后没几天,就从五十六层楼上跳了下来。她脖子上的那个玛瑙竹节管,在地面上炸裂了,四射开来。有个男人发现了一片，捡起来看了看，又扔了。而一个散步的女人捡到半段，她似乎是识宝的，就揣进了衣兜。她走了百来米，发现七十二层高的开发大楼下，躺着一个女人。人们围立于她的身旁，而她则躺在血泊里。

似乎是，有两种女人，嫁人比较难。一种是自身条件特别好，白富美，学历又高，脑子又灵。这样的女人，要求当然特别高。要找到能够配得上的，称心如意的，当然不是一件容易的事。第二种呢，就是名声不好的女人。她虽然性感迷人，许多男人都喜欢她，但是真要娶她，那些玩她很来劲的男人却退缩了。那么周芳方是哪一种女人呢？好像是二，又好像是一。可能更偏向于二吧。

从小到大，追求她的人不计其数。如果她的择偶标准稍稍放低些，那早就结婚了，孩子都一定是上小学了。她交往过的男人不少，但是，总没遇见一个真正满意的。不是这方面不足，就是那方面不理想。金无足赤人无完人，这个道理她懂。但是，落实到具体，则不肯将就。总觉得身边男人有的是，不甘心将自己轻易就嫁出去。只属于一个人，未免感到寂寞。

閑去深嚴書層畫簾半捲春風來 筆墨

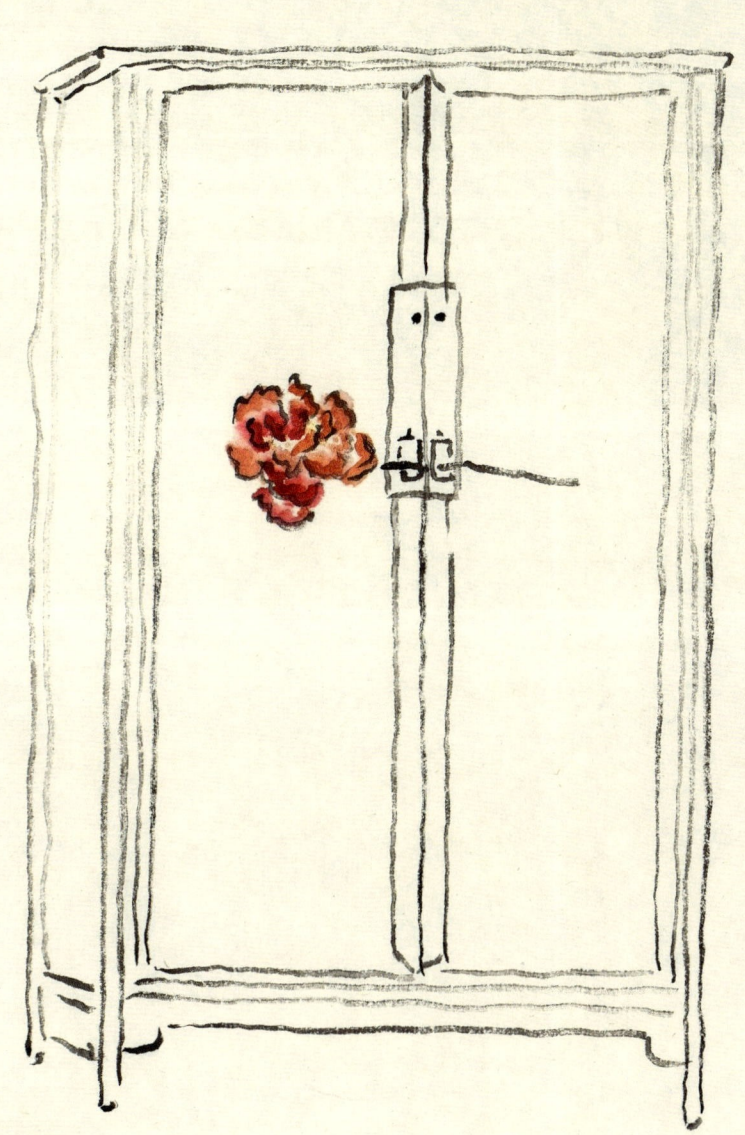

一碗

花蔬

但奇怪的是，像周芳方这样的美女，似乎算得上是"万人迷"，她怎么会愿意睡到莫中医的床上去的呢？许多人都觉得不好理解。是啊，他已经五十多了吧，头也秃得蛮厉害了。一笑起来，脸上皱纹多得就像一只猫。皱纹就像猫的胡子。是什么原因让她愿意与之肌肤相亲的呢？其实在周芳方看来，莫中医这个人，多少还是有点猥琐的。但她真的没有想到，他竟然给她的饮料里下了"苍蝇水"。也就是说，他下作到迷奸了她。她清醒过来，明白了一切，感到屈辱和厌恶。她应该去告他，或者，就一刀把他捅死算了！

但是她没有。有一个声音在虚空中阻止她这么做。是啊，说出去，没有人会同情她，也没人会相信她。人们只会看她的笑话，只会眉飞色舞地非议她。因为，她在人们的心目中，从来都不是一个正经的女人。一个不正经的女人，竟然告发别人迷奸，这不是天大的笑话吗！

为了一串珠子，就会愿意继续跟自己一点都不喜欢的老男人上床？这不是周芳方的风格。若是细细盘点一下与自己上过床的男人，哪一个是因为给她以钱财的？她认识的有钱男人不少，其中与她上床的不乏其人。但是，确实没有一个是因为给了她钱才得到她的。最多吃个饭，见个面，然后上床。连礼物都不送的，别说车子房子了。周芳方与别的女人真的不同，她从来不认为在男女关系中，女人是吃亏的一方。性是平等的。周芳方自己也不知道，她的自由平等的性观念，是如何形成的，又是从什么时候开始形成的。她始终认为，性，只是一种天然的生理的需要，男女都一样。为快乐而性，便是性的最高原则。从这一原则出发，又有什么吃亏便宜呢？好的性交往，快乐的、自由的、不受礼教约束的，不被物质左右，那对谁都是便宜。反之，则双方都是吃亏了。

　　凭她的容貌和魅力，周芳方完全可以获得很多很多。物质财富不去说，光是职业处境，也不会是今天这个样子。在医院工作十年了，依然是一名普通的麻醉师。如果说她只是一个保守刻板的女人，那倒也不用说了。她在许多人眼里，差不多就应该是交际花的角色。确实有许多的男人喜欢她，追逐她。而她呢，也并不守身如玉。实际与她有过肉体关系的人，与外界的议论与想象，估计也差不多。令人们不解的是，她并没有从中得到什么。人们因此觉得她傻，而她不这么认为。她怎么是啥也没得到呢？她得到了性呀！性的快乐难道不是人生之大乐吗？丰富的，异彩纷呈的性经历,难道不是人生的财富,命运的大礼吗?

当然,有些事,与有些人的性交往,也令她自己感到困惑。比方说跟莫中医,为了什么呢?他迷奸了她,她非但没有告他,反倒继续和他交往。这是为什么?有什么特殊的魅力吗?他在床上表现好吗?他有过人之处吗?没有,什么都没有!唯一可以解释的是,和他在一起,她经常会有一阵恶作剧的快感。她这不是在故意糟蹋自己吗?她突然感到有些悲哀。自己为什么要这样做?自己果真就是来者不拒呀?那么外界所说她是一辆公共汽车,谁都可以上,她是一个烂货,果真是可以成立的呀!

而且他送给她的这串珠子,其实并非古珠,而是今天生产的全新的仿古珠。汪明说:"现在到处可以买到的,零售五毛一颗,批发的话只要三毛甚至两毛。"

"他不可能骗我的!"周芳方说。

汪明有点不好意思地说:"这串珠子就是我卖给他的呀!绳子是我亲手编的,上面的隔珠我是清清楚楚记得的。尤其是这个佛头三通,我用过好几年了,是塑料的,仿蜜蜡,他也没看出来。我不会看错的。这些珠子,我就是三毛一颗从一个杭州人那里批发过来的呀!"

"你卖给他多少钱?"周芳方问。

"我,我……"

"你一定是当老珠子卖给他的吧?"

汪明说,这样的珠子,一般人是看不出新老的。新的也都是按古法做的。汉代这样的珠子很多,有国产的,也有西亚过来的。在广西合浦一带,出土最多。估计当时那边是重要的贸易区吧。

"你是个骗子哎!"

汪明也许是觉得这样的事太正常了,说自己是骗子,至于吗?他觉得周芳方实在是太幼稚了。他不屑地笑了笑,说:"玩古这事儿,从来都是这样的。真真假假,虚虚实实。如果所有东西都是真的,那还有什么意思!真中有假,假里藏真,认真辨假,去伪存真,这才好玩。现在这么多人玩古董,哪来那么多的古董?古董又不是西红柿,可以自由长出来。西红柿还有假的呢!是真是假,全凭自己的一双眼睛去看。看得明白就买,看不明白买了的话,别怪别人,只能怪自己!"

周芳方突然在汪明的身上发现一股江湖气,而从前的他,是傻傻的,笨笨的,很清纯,受气包的形象。也许正是这股陌生的气息,显示了他的成熟。也正是这股成熟男人的气息,吸引了周

十六國金銅佛坐像

芳方。她一向是不能接受稚嫩的男人。她喜欢的男人，往往是有点坏的，有点痞的，有点邪恶的。汪明突然显现出来的狡黠，让她产生了兴趣。不仅令她宽衣解带，与之翻云覆雨，甚至很荒唐地让她仿佛产生了爱情，有了想要嫁给他的想法。

奇怪的是戴上莫中医给她的"汉琉璃"，周芳方失眠、惊悸的毛病似乎真的好了。她躺在汪明的床上，连想象他的亡妻是如何在这张床上活色生香的机会都没有。因为他们每次做完，她都几乎瞬间睡去。她像个男人一样呼呼沉睡。

失眠没有了，惊悸的毛病也自然好了。她不再需要去找莫中医。他的气场学说，对于一个已经摆脱了顽疾的人来说，已经成为可笑的故弄玄虚。但是，对莫中医来说，事情似乎并没有结束。周芳方应该还没有走出他的气场。或者说，他还要努力地左右她的气场。

前前后后，汪明一共从邢台老牛那里买了多少"战国"水晶？汪明自己也记不清了。这是因为，他陆续地买进，一边也不断地转手出去。因为来价不贵，所以出手的价格也相对行价要低很多。左手来右手去，买卖做得不错。如果说，这些老牛手上买来的全是假货，汪明又卖出去，进进出出都是当代的仿品，那么汪明和老牛其实是一样的。但是汪明坚持认为，他与老牛的性质不同。老牛是知假卖假，是故意的行为，而他汪明转让给别人，网友也好，生活中的朋友也好，他都没有售假的故意。当然啰，这个问题，似乎是永远也说不清楚的。真的不一定卖得过假的。而假作真时真亦假。所以古玩行里有句话，叫做：没有新货与老货，只有卖家与买家。意思是，东西是新是旧，从某种意义上讲，是不重要的。卖得掉，有人买，才是硬道理，才证明你的东西是有价值的。收藏界还有一句话：傻瓜卖，傻瓜买，还有傻瓜在等待。这句话不仅道出了藏界的乱象，也说出了古玩收藏一个虚无的道理：真真假假，谁又能真正闹得明白？

汪明去太原参加全国珠友会，各地爱珠玩珠做买卖的，群贤毕至，少长咸集。汪明在洗手间遇见一位大佬。此人以收藏高古水晶而闻名。在一些相关的论坛上，只要此人对一件东西点赞，那跟帖必然都是"开门"、"漂亮"、"好"、"精品"、"极品"这样的赞词。此人若说不对，那么这件东西绝对完了，被判了死刑。

在珠友会的其他场合，大佬就像一位皇帝。众星捧月，被好多人簇拥着。他是一个真正的大明星。汪明与他在厕所邂逅，方便也顾不上了，急急把自己的家伙塞回裤洞里，拉上拉链，便掏出战国水晶请大佬鉴定。大佬瞥了一眼，只管小便。他半闭着眼睛，很是享受的样子。直到办完了事，甩了几甩，都未正眼看过汪明一眼。见他迈步走出门去，汪明急急赶上，恳请大佬赐教。大佬这才平易近人地又瞥了一眼汪明手上的珠子，终于吐出两个字：新的！

周芳方曾经认为，像她这样的人，是不大可能结婚的。很难想象，自己会有朝一日披上婚纱，嫁作他人妇。她甚至向来可怜那些成为别人妻子的人。女人之于男人，无非就是性与生育的工具吧。那么，成为某个人的固定的、专用的工具，那是一件多么乏味而可悲的事啊！她认为性应该是平等的，自由的，为性而性的。当性成为专属品，成为责任和义务，那真是违背了上帝的旨意。她因此对于那些对她稍稍表现出专情一些的男人，有一种特别的警惕。生怕一不小心就被他专了去，从此跌入婚姻的泥淖。这样多好啊，她享受着单身女人的自由，享受着这种自由带来的不断新鲜的性爱。这样的快乐美酒，不是亲自畅饮，谁又能体会到陶醉！她的母亲曾经对她说："你现在一个人过，当然也没什么不好，但人都是要老的呀，老了怎么办？"

周芳方觉得这个问题太好回答了。老了，老了就死了呗！当然这样的话她不敢当着母亲的面说出来。她只是在心里想。人生一世，谁都难免一老，谁都难免一死。单身要老要死，难道有配偶有子孙的人就青春不老万寿无疆了吗？作为一名麻醉师，对付老与死，实在是太容易了。对普通人而言，死可能真是一件非常麻烦的事。往往费了很大的劲，都不能痛快地死掉。而她，虽然她是那么怕死，但是当她要死，或者说必须死的时候，她只要给自己注射一针过量麻醉剂，就万事大吉了。没有任何痛苦，没有任何麻烦。从来处来，往去处去。往事如烟，谁的往事不如烟呢？所不同者，别人的往事可能只是炉子里冒出来的青黑色的烟，会呛人，而她的往事，在注射了麻醉剂后，则如轻云出岫。是日照香炉生紫烟，是乱云飞渡，是云蒸霞蔚，是多少楼台烟雨中，是子规声里雨如烟。

她几乎没有任何的兴趣爱好。吃饭逛街，游山玩水，这些事，她好像总是很快就厌倦了。唯有性事，能令她乐此不疲，流

连忘返。在不同男人的怀里，在他们强烈的撞击下，她被送上了天堂。天堂是什么景象她不知道，因为她从来都没有睁大眼睛看上一眼。天堂对她来说，就是被充满的感觉。就是炸裂，就是身轻若羽，就是欲仙欲死。有时候，面对躺在手术台上即将接受手术的男性病人，她都会产生他是躺在她床上的幻觉。她一边给他注射麻药，一边想象这个人软塌塌的阴茎慢慢勃起。它突然青筋暴胀，直立起来。若是果真如此，她会不会弯下腰来，将它贪婪地一口吞下？

她确实曾经有过这样的想法，辞掉工作，去当一名妓女。大多数人当妓女，都是为了钱吧。周芳方不是。她若真的当了妓女，她是为性而来的。她与其他人不同，她会挑选自己喜欢（至少是不讨厌）的客人，然后与他共浴爱河。喊叫声一定是真的，绝对不是为了取悦于客人而假装出来的。她是因为爱这个才做这个的。她与客人一起快活。她觉得这个工作实在是最适合她的。她曾经把这个想法说给一个与她上床的男人听。男人笑着说："好啊，很好啊！那我就去嫖你！"周芳方说："那你给不给钱？"男人说："给啊，当然给啊！嫖娼怎么可以不给钱呢？"周芳方说："那你给我，现在就给钱！"男人很是惊愕："你真

的战国水晶珠串抹下来，送给，相信了那些关于她的传闻。阅人无数的女子。然而他并不

周芳方应该是个坏女人。然而佛随时都能把汪明送入意乱情切烦恼，可以瞬间将他托向云到他的。福真是能干的，也不的，尤其是皮肤出奇的白皙。来形容汪明对夫妻生活的全部贾福真一定不知道，汪明的内风骤雨式的、可以为之舍生忘他的。

，周芳方这样的女人，他是搞人见了她直淌口水。她会委身一个人吧。想到此，汪明感到了里，用一把刀子将她戳死了。

等他醒来，似乎还看见她躺身于血泊中。他看着她的尸体，既有不舍，又感到了一种宽慰和解脱。

随着与她交往的不断深入，他的沉醉和忧虑，也越来越深了。

汪明绝对没有想到的是，周芳方竟然跟莫中医也上床了。她以调侃与不屑的口吻，把这事告诉了汪明。她一边与汪明做爱，一边向他描述莫中医的不堪。种种细节，加上生动形象的修辞，让汪明产生了这样的错觉：似乎在这张床上，是有着三个人。除了他和她，还有一个瘦骨嶙峋的莫中医。这份幻觉，给了汪明十分奇妙的感受。他一边骂周芳方"贱货"，一边狠狠地插她，撞击她，将手指抠进她的肉里。他甚至还用力地咬了她，咬得她惨叫起来。他竟然迷上了这种感觉。他主动要求她在与他做爱的时候，讲她是如何与其他男人搞的。种种的细节，都不要遗漏。他在她的叙述中得到了复杂的快感。一种邪恶而淫乱的气氛，令他深深着迷。事后她会对他说，其实许多的内容，都是她想象出来的，事实并非如此。至于她为什么要这么做，完全是他所要求的。她只是为了取悦于他，才把自己伪装成荡妇。但是汪明却相信她所说的一切，都是在她身上真实发生过的。唯有其真，才能给他带来邪恶的快感,才能激发起他的嫉恨与痛苦。这些情绪,交杂在淫乱的情境之中,他感到不可自拔。

珠友会这种活动,当然不是第一次了。在山西太原举行的,已经是第八届了。很多人通过珠友会,已经是老相识了。大家身上都挂了很多珠子,有的是刚买来的,有的是打算要卖出去的。无一例外的都花枝招展,笑口大开。汪明与他们不同,他是第一次参加珠友会,谁也不认识。但是在酒店大堂,有人猛拍了一记他的肩膀。等他回过头去,那人老友似地握住他的手,兴奋而热情地说:"汪兄你好!汪兄你好!咱终于见面了!"汪明还是不知道他是谁,只是觉得声音有些熟。"我是老牛啊!"老牛大笑起来。没想到他也来了!汪明其实应该想到的,因为来参加珠友会的无非是三种人:一种是玩家,一种是商家,还有一种是既玩又买卖,所谓以藏养藏的人。就像他汪明一样。三类人中,做买卖的还占了大多数。既然如此,老牛为什么不能来?这可是他结识更多客户的好机会呀!

但汪明就是没想到。没想到就是没想到,这是不需要理由的。

因为没想到，所以汪明有些发愣。看着老牛热情洋溢的脸，以及他壮硕得像举重运动员的身躯，一时不知道说什么好。脑子里不断闪现的，是那大佬牙缝里挤出的两个字："新的！"新的，老牛卖给他的水晶珠子，都是新的，是战国水晶的高仿品而已。现在老牛就在眼前，当然要跟他说。可是，怎么说呢？汪明颇费踌躇。

是顾忌老牛健壮如牛的体格吗？好像也不完全是这样。汪明玩了这么多年珠子，他深知古玩行的行规。买卖东西，不管真也好假也好，谁说了都不算。一切都凭自己的眼睛看。你看真了，就掏钱买下，谁也不能为你担保确其为真。如果你以很低的价格买到真货好货，那么恭喜你，捡到漏了。如果是捡到大漏，那就是吃到仙丹了。那是你眼力好，运气好，是很牛逼很风光的事。如果花了很高的钱，买来的是假货，是赝品，那就是打了眼，吃到药了。吃了药，说明你眼力差，水平低，没人会为你负责。没人会帮你。因此通常吃了药的人，都自认倒霉，并不会声张。打落牙齿悄悄吞进肚子里。如果嚷嚷出去，只会丢人现眼，大伙儿知道某人吃了药了，某人是个呆逼，是个眼力差缺心眼的棒槌。

古玩行并且还有这样一番道理，那就是：买卖一旦成交，那

是不可以退货的。一来,你说假的,要退货,可我不认为它是假的呀!你凭什么说它是假的?你一定要说我假,我不成了坑蒙拐骗的坏分子了?你这一退,我这就成假货了,我还卖给谁去呀?你一个人说假不算,要大伙儿全都说假才算。然而,要让所有的人都站出来说这件东西就是假的,这是完全不可能做到的。中国人没那么傻,爱真理胜过爱钱爱女人。我就是看出来假我也不说。我凭什么要说?这跟我有什么关系?

第二种情况是,你要说它假,东西不好,好,就算不对吧。但不对你也不能退!为什么?道理很简单,你若是买对了,你会感谢我吗?你要是捡了漏,会来我这儿补钱给我,发奖金赠锦旗吗?你捡到漏,高兴得屁颠屁颠的,夸自己眼力佳运气好,牛逼烘烘的,但你吃了药,却要来退货,你水平低眼力差,想捡漏却被漏捡了去,后果却要我来替你承担。你说,这理说得通吗?你见过买了股票跌了赔了被套了,去找证券公司论理退钱的吗?古玩这一行,不懂就别买。赢得起输不起的,也尽早离开,回家吃奶或喂孩子去!

这些道理汪明并不是不明白,但他心里还是很生老牛的气。他卖了这么多东西给他,竟然都是假的。每次打电话,或者发短信，他都信誓旦旦说他的东西百分百大开门，都是源泉头货，如假包换。所以价格上，一直都是他开什么价，汪明就给什么价。每次汪明要砍掉一点价，老牛都不肯。说什么大开门的货卖一件少一件了，战国的墓现在已经挖不到了。还说有些人因为盗墓而被抓进去坐了牢，甚至还有枪毙了的。所以可以说，珠子是用生命换来的。每当汪明表示对真伪的担心，老牛都要说："如假包退，假一罚十！"他还说："汪兄啊，我要怎样说才能让你相信呢？我就差自己亲自去挖了给你了！"

"骗子！他是个骗子！"汪明一直在心里这么骂老牛。

虽说古玩行有其潜规则，但如此被骗，汪明咽不下这口气。冤家路窄，老牛竟然也在太原珠友会上出现了。这很好！我说假，你偏说真，这下倒好，我倒要让大家来鉴定一下，你的战国珠子到底是开门还是高仿。汪明豁出去了，不怕丢人。就算吃药丢人，你个大骗子不是更丢人吗？闹将起来，在这个地方，这样的场合，至少可以让很多人，全国的珠友，认清你的骗子面目。一传十，十传百，让全国玩珠子的人，都知道有个叫老牛的邢台骗子，以后看谁还会受你的骗。傻逼才会买你的珠子！

汪明很讲究策略，一直教导自己不要冲动。后来的事实也证明，他是对的。凭他这副小身板，一旦发生冲突，肯定不是老牛的对手。他虽然玩珠多年，但是毕竟仍是无名之辈，而且南方人玩珠子，总是玩不过北方人。尤其是中土的高古珠子，南方不出这个。他人微言轻，跳出来指责老牛，众人未必会帮他说公道话。

他终于逮到了机会。珠友会的最后一夜，大家各有收获。明天就要离开太原，高兴而略有不舍。太原的朋友从家里搬来两箱陈年白酒。酒瓶子上写着"武警特供"的字样。想来应是好酒。一共有三十来桌，每桌都放上了两瓶这样的白酒。酒店的大宴会厅，就像办婚宴一样欢乐而排场。汪明和老牛，正巧坐在同一桌。这个巧，也许是汪明故意而为。而这一桌上，偏又坐了珠友会那位傲慢的大佬。那就真是巧上加巧了。

机不可失，时不再来。汪明决定出卖大佬，利用他的权威，来把老牛镇倒。汪明掏出珠串，故意动作夸张地递到大佬面前，说："某老师，请教一下，这串东西对不对？"

我说过了，在珠友会上，大佬是绝对的明星。整桌上的人，齐刷刷把目光集中到了大佬身上。相邻桌上人，也停止了喧哗，将头扭向这边。与此同时，太原电视台也正好来采访珠友大会，摄像机红灯亮起,镜头对准了大佬。

大佬毕竟是大佬,业务专精,权威逼人。尤其是对着电视镜头,不敢说半句与大佬身份不符的话。他接过珠子,认真看了一眼,又把目光扫向汪明,然后冷酷而肯定地说:"新的!高仿!"

汪明不失时机,大声说道:"老牛老牛,你瞧,你卖给我的呀!新的呀!高仿呀!"

老牛一时木讷,啥也没说。等于是默认了。

气氛有点尴尬。有人就站起来打圆场,嚷嚷道:"来喝酒喝酒,干杯干杯!"

老牛的脸一直阴沉着,这让汪明感到有非常的快意。知道珠子是不可能退他的,况且,有一大部分,汪明已经转让出了,不仅没亏,还赚了一点。现在给他这么一刀子,也算是出了心头的一口恶气。

大佬离席半天,是接受电视台采访去了。回到桌上,他似乎意犹未尽,还要继续答记者问,接着大谈战国水晶的真赝问题。他说,高仿目前已经解决了所有的问题:打孔、孔道口,甚至牛毛纹也解决了。他对老牛说:"你们邢台人,用麂皮打磨做牛毛纹,已经完全可以乱真了。战国水晶的辨伪,问题很大。高仿极大地阻碍了水晶收藏的健康进行,令收藏者望而却步!"大佬再一次把汪明的珠串拿过去,作讲课状:"仿到这样,真是不容易啊!仿到这样,许多专家也要吃药的!"他一边说,一边嘴里还发出了啧啧的声音。

"某老师,那怎么办啊?我们还玩不玩啊?"有人问。

大佬说:"玩,当然玩!最终还是要看神韵。古物最重要的就是神韵。高仿做得再像,它也还是高仿。因为它没有真正战国珠子的那种神韵。"

老牛突然发飙,抢过汪明的珠串,质问大佬:"我们的珠子,怎么没有神韵了?"

大佬听惯了近乎谄媚的声音,突然遭遇挑衅,稍稍吃了一惊。不过他很快镇定下来,居高临下地对老牛说:"神韵这东西,你看多了真东西,就会明白的。"

老牛不服气,说:"是你看过的真东西多,还是我看过的多?"

大佬看了老牛足有半分钟,冷笑道:"算你多吧!"

老牛站了起来,形势有些剑拔弩张。大伙儿开始和稀泥了,纷纷说:"不要争了不要争了,喝酒喝酒!"也有人说:"玩就是玩个开心,喜欢就好!"

大佬还是要树立他的权威,朗声说:"喜欢就好是没错的,但东西必须真。把假东西当真东西,那就是傻逼!"

老牛铁青了脸,问:"谁是傻逼?骂谁呢?"

大佬当然不甘示弱,冷笑道:"谁觉得是骂他,他就是傻逼!"

老牛抓起"武警特供"的酒瓶子,猛地向大佬的头上砸去。只听得砰的一响,酒香四溢。

论玩珠子的年龄,莫中医比汪明可要长多了。那时候,上世纪八十年代末、九十年代初,珠子因为不受重视,便宜得今日无法想象。莫中医记得,在文物商店,一挂清宫琥珀朝珠,标价只有一百六十元。而现如今,这样的朝珠,花一百多万都不一定买到真。莫中医还在文庙的周末地摊上遇见过一颗九眼天珠。绝对的千年至纯老天珠啊!风化到位,朱砂点漂亮。那人开价三百元,莫中医都没买。那颗天珠放到今天,没有一千万是肯定买不下来的。但是许多事,干得久,并不代表水平就高。汪明虽然接触珠子不过五六年时间,玩得却已经不错。无论是圈子、见识,还是眼力,都早已在莫中医之上。这一点虽然莫中医嘴上不肯承认,但心里基本还是服气的。逛周末地摊找到好东西的时代,已然一去不返了。现在是网络时代,是信息化时代。信息和资源,更多地来自于网络。而这一点,恰恰是莫中医的短板。他上网的水平,仅限于收发电子邮件,浏览新浪新闻,以及登录一个网站看上面的色情图片。而汪明则不一样了,他有空就泡各种论坛,广交朋友。什么样的信息,都扑面而来。QQ、微信里加了许多朋友,有东西看不明白了,几张清晰图片发出去,马上就能有满意的答案。像全国珠友会这样的活动,去参加一次,真是胜读十年书的。

古玩这个行当,什么样的眼睛,看到什么样的东西。若是吹牛自负,闭门造车,自以为是,吃亏的肯定是自己了。还有一句话,叫做卖的永远都比买的精。这个"精"的意思,就是懂行。不仅是对这件东西的认识了解要高于买家,就是在价格上、品相上,买家总不如卖家清楚。这一点,莫中医是明白的。所以他在汪明面前,总是比较低调。买他东西的时候,总以近乎哀求的口吻让他包真。那种时候,莫中医谦卑有加,甚至都有些可怜兮兮，似乎是想以此唤起汪明的同情善良之心，不要骗他坑他。至少要包真，价格上不要太离谱。

可是汪明卖给莫中医的珠子，基本上都是假的。比如那串后来送给了周芳方的"汉代"蓝琉璃。

当汪明在床上听周芳方讲她与其他男人做爱的种种细节，其中当然也包括姓莫的。这种时候，汪明也会把一些本不该说出来的事说给他的性伴听。他不无得意地告诉周芳方，姓莫的送给她的这串蓝琉璃珠，他买来只花了一百元，却三千元卖给了莫中医。"这个傻逼！"他这样骂他，觉得很过瘾。似乎这是对他最好的报复。

傻逼的可怜可悲在于，他始终都不会觉得自己傻。莫中医就是，他死活不肯承认珠子是假的。他说："神韵对！"他缺乏这方面的天赋，但自以为是看得懂神韵的。他说："汪明也会骗我，我知道。但他骗不了我。我有自己的眼睛。这串琉璃珠子，肯定到汉代。它有汉代的神韵。而且，我用放大镜看，还看到了七彩蛤蜊光。"他向周芳方解释，什么是蛤蜊光。他说："千年的琉璃，入土的琉璃，会有返铅现象。这就会出现蛤蜊上那样的七彩宝光。"

"哈哈，傻逼就是傻逼，还知道蛤蜊光，但他不知道蛤蜊光也是可以做出来的呀！"汪明觉得实在是太好笑了。

确实，出土的高古、中古琉璃器，有时候会有七彩蛤蜊光出现。尤其是在高倍放大镜下，可以看到珠子和器物表面浮现出彩虹一般的七彩光芒。这是古琉璃特有的一种返铅现象，可以作为鉴别古琉璃的标准之一。但是，道高一尺魔高一丈，任何古物的特征被发现被总结之后，仿制技术便马上跟上，如影随形。通过化学的方法，在器物表面迅速造成蛤蜊光，已经不是什么难事了。

本来周芳方与莫中医之间的那种关系，已经是结束了。但是，因为汪明要不断地将珠子卖给姓莫的，并且将周芳方当做了中间人。所以周与莫的接触非但没有中断，反倒呈现日益密切的趋势。汪明将一些高仿的琉璃珠、西玛、绿松石、蜜蜡，以很低的价格进来，再由周芳方带去，当真的卖给莫中医。

周芳方感觉到了，汪明是在利用她。而她呢，利用自己啊！利用自己的色相，为汪明牟利。而这样做，是大大地违背了她一贯的做法的。这一刻，她才仿佛第一次感到是在出卖自己。这才深切地感到自己像一只鸡。

看来，她是真的爱上汪明了。一个女人，愿意为一个男人去不断地做她自己不愿意做的事，那她一定是被自己的爱绑架了。

许多时候人是需要一点压力的。有了压力，才会逼着自己去做一些事。才会把原本不可能做成的事做成功。莫中医就是这样的。由于每次与周芳方见面，她都会带一两串珠子给他，所以他必须努力，想方设法把这些珠子卖出去。他的病人越来越多了，而他的治疗项目，也越来越繁杂，越来越广泛。从高血压到心脏病，到中风痛风，到少儿近视和妇女不孕，几乎涵盖了临床医疗的所有方面。而他的绝活，开出的万灵妙方，则都是千篇一律的，那就是，让患者在身上挂一串古珠。事实上也确实有很多人，自从戴上莫中医推荐的古珠，病居然真的好了。人们在称赞莫中医妙手回春的同时，对古老珠子的神奇能量，也崇敬有加，五体投地。一传十，十传百，越来越多的人来找莫中医看病，身体上的病，心理上的病，都希望通过莫中医开出来的特殊药方———一串神奇的古代珠子，让病消失。许许多多的人，对莫中医言听计从，对他的医疗水平，不敢有丝毫的怀疑。有一个妇女，因为不孕，去了莫中医那儿两次，很快就有了身孕。她崇拜于莫中医给她的古珠，一串看上去异常沧桑斑驳的琉璃珠。她虔诚地戴着它，须臾不离其身。睡觉、洗澡的时候，也不取下来。就是在她接受莫中医身体对身体的治疗时，也不拿下来。以致珠子硌痛了莫中医那精瘦的身子骨。莫中医让她拿掉珠子，说："我在你身上的时候，就不需要它了。我的气场，是比它还要大的。只有不跟我在一起的时候，你才要戴上它。它有与我完全一致的气场。"

从太原回来后没几天，汪明就在珠版论坛上看到了大佬不幸去世的消息。论坛首页为此改为黑色基调。置顶的帖子是专门纪念大佬的。点开一看，遍地鲜花与蜡烛，纪念的诗文更是铺天盖地。有才华横溢的，也有狗屁不通的。但意思都是一样，沉痛悼念某老师，他的逝世是珠界的重大损失，珠友们一定要化悲痛为力量，继承某老师的遗志，为弘扬古老的中华传统，让璀璨的珠子文化血脉不断，万世流芳而努力奋斗。

砸死大佬的凶手，便是老牛。论坛上的人们，义愤填膺，纷纷呼吁，一定要对凶手严加法办，以告慰某老师英灵。汪明觉得此事与他多少有点儿关系，若非他当众让大佬鉴定珠子，纠纷也不至于骤起。一股深深的内疚，像石头一样压得他有些胸闷。他觉得为了一串水晶珠子，有可能失去两条性命，人生真是无常，生命太过脆弱。当时的印象，老牛那一瓶子砸下去，虽然声音很响，动静不小，但也不至于就砸死呀！大佬的脑袋，也太经受不住考验了吧。其硬度比水晶、玛瑙，甚至白玉砗磲都要差很多呀！

　　汪明怀着一颗内疚感伤之心，在论坛上那个纪念帖里发了几句评论。意思是，逝者已逝，请珍惜生者的生命。某老师虽然是被老牛砸死的，但这无论如何都不是蓄意的谋杀，绝对只是失手，完全是一场意外。汪明奉劝大家要理性看问题，不要意气用事，以激愤的民情影响法院公正办案。一边写评论，汪明一边被自己所感动。老牛卖了那么多高仿假货给他，现在老牛闯下了人命官司，他汪明却不计前嫌，在风口浪尖为他说话，为他开脱。这是多么宽大的胸怀啊！他因自己的行为，有了神圣的感觉。谁说搞收藏的都是一些唯利是图、占有欲强烈、习惯于坑蒙拐骗之徒？在这样的关头，他汪明没有落井下石墙倒众人推，而是理性地为严重坑蒙自己的人说话，此正所谓以德报怨啊！

　　然而他的评论一发出去，便引来骂声如潮。论坛里的人，在汪明看来，个个都像疯狗。他们把各种谴责和咒骂向他泼来：

"汉奸"、"叛徒"、"二逼"、"该吃药了",等等,没头没脑地瓢泼而下。有人居然发现,汪明就是当时引发纠纷的那个人。"罪魁祸首"、"真正的凶手"、"肇事者",这些词汇肆意向他飞来。还有人提出报警,要把汪明扭送公安机关。"天网恢恢,疏而不漏,一定要法办帮凶!"有人发出这样的声音。

汪明感到恐惧。他根本无法解释,更无力为自己辩护。虽然他知道自己不是帮凶,更无刑事责任,但他还是感到恐惧。论坛上声势浩大的声讨、谩骂与谴责,像汹涌的洪流,仿佛瞬间就要将他吞噬。"以前的'文化大革命',可能就是个样子吧?"他想。他赶紧删了自己的评论,退出论坛。有整整半个月,他都不敢上网。虽然他很想知道,老牛的结局会是怎样。

对于戴安全套,莫中医显然非常排斥。他对周芳方说:"我晓得的,你早已经不能怀孕了,还戴那个东西做啥!"他说得没错,周芳方一共打过几次胎,她自己真的都记不太清楚了。五次,还是六次?有一个阶段,她非常希望自己怀孕,生一个儿子,她要把他抚养成人,与他相依为命。这样,她的生命就不再孤寂迷惘,不会常常找不到方向了。她故意而为,和神经科的一位主任大夫，毕业于上海医科大学的医学硕士有过几次交欢。每次她都不让他戴套，提都不提，好像世界上根本就没有戴套这回事。作为医学硕士，并且对周芳方的"作风"有所了解的人，他竟然也绝口不提戴套的事，周芳方因此得出结论：几乎所有的男人，都是极不愿意戴套行事的。除非他明确知道，他的性交对象是有性病的。男人的不怕死，他们的大无畏精神，唯一能够彻底体现的，似乎就在这个上头了。医学硕士没能让她怀上，周芳方的借优良品种进行培育的计划落空，不得已而求其次，又找药房的小李试了几次。小李年轻力壮，虽然学历智商不及医学硕士，倒也眉清目秀温柔可人。但还是未能获得成功。周芳方终于明白，由于多次堕胎，她的子宫壁已经被刮坏，丧失生育能力了。她曾以此考验莫中医，说："若是你能治好我的不孕，那你就是一名真的神医！"莫中医当然不是神医，他的造人能力虽未退化丢失，但是对于无米之炊，也是无能为力的。不过他正好以此为借口，逃避戴套。周芳方却不从，一定要他戴上。莫中医说："这完全是脱裤子放屁多此一举嘛！你又不会怀孕，还那么麻烦干啥！"

周芳方说："卫生呀！安全呀！"

莫中医说:"我不嫌弃你的呀!"

周芳方说:"他妈的,我嫌弃你的!你还不嫌弃我?操!"

周芳方第一次在床上生气。莫中医这样说,伤到她的自尊了。"我不嫌弃你!"瞧他说的。言下之意,她是完全应该被嫌弃的。她就是骚货烂货,是肮脏不堪的公共厕所,满身是病,甚至有艾滋,谁都厌恶她,避之唯恐不及。只有姓莫的要她,不嫌弃她,他这是多么伟大啊!她应该感激涕零,视他为恩人、再生父母,是不是?呸!呸呸!也不马桶里去照照自己是什么东西!嫌弃?你有什么资格嫌弃我?我不嫌弃你,你已经是三生有幸了!你又老又丑,还举而不坚不久。我凭什么给你操?我告诉你吧,要操我的人多着呢!排队能排上几公里呢!不光这样,还有人死心塌地要娶我呢!即使没人要我,没人来操我,我也不会让你个老鸡巴软鸡巴操!

莫中医则再三解释,他完全没有半点嫌弃她的意思。他喜欢她,崇拜她,做梦都想操她。在他心目中,她是最好看最性感的女人。他一定是和很多男人一样,视她为女神。操不到她的时候,愿意以死来换取一次操。实在操不到的话,便只能脑子里想着她自己撸管。莫中医还说,如果她愿意,他也要娶她。关于不戴套的卫生安全问题，莫中医的认识是这样的：艾滋病这个东西吧，其实是个富贵病。得这种病就像中福彩大奖，一般人想得还得不上呢。

周芳方说："你想得艾滋，你去别的地方，我这儿没有，抱歉！"

莫中医说："我知道你没有啊，所以就——"

周芳方把他推开，说："去！滚一边去！可我怕你有啊！"

她万万没有想到的是，莫中医居然对她来强的。这个老男人，突然力大无比，他使劲卡住了她的脖子，几乎令她窒息。她呜噜噜地喊，让他松手，他也不放开她。她双脚乱蹬，他竟然用膝盖将她的肚子死死地顶住。周芳方觉得，自己快要被他弄死了。她的肚子，痛得她一点力气都没有，浑身冷汗直冒。她的脖子，始终被他卡着。她很快就失去了知觉。

后来她才知道，她晕过去之后，莫中医吃了两粒伟哥，把她搞了。当然，没有戴套。

在杭州吴山古玩城的一家店里，买到一串六十四粒西周玛瑙，汪明高兴得心都要跳出来了。一直以来，他就希望收藏一些真正的西玛珠子。他知道，玩珠子的最高境界，就是西玛。西周时期，红玛瑙管、珠是诸侯和大夫级别的佩饰，是中原文化最古老珍贵的文物。这些年藏传佛教的珠子，市场表现太火了。真品天珠，那些断珠残珠也要卖到几万元一颗。北京翰海的那场天珠专场上，一颗十二眼天珠是一千八百多万落槌的。行内人普遍认为，藏珠已经到了相当高的价位，而中原文化的珠子，价格则被市场严重低估了。大家都相信，中原珠子，像具有代表性的西周玛瑙和战国蜻蜓眼，目前尚处于价格洼地，存世量稀少，工艺价值极高。更为重要的是，其承载的历史文化信息，使它们成为稀世珍宝。

当店主从一个锦盒里拿出这串珠子，并且开价每粒两千元时，汪明激动得心儿怦怦乱跳。他把珠子拿到手上，未及细看，就知道东西是大开门的。他在太原珠友会上亲自上手，看了不下十串西玛珠子，都是别人的。这些拥有西玛的人，一个个牛烘烘的，仿佛真理在握，又像大官和巨商一样高高在上，踌躇满志。西玛不比水晶，它的材质、工艺特征比较明显。首先是有水亮的孔道，其次表面的风化纹高仿也很难达到。汪明将那六十四粒西玛拿到手上，沉甸甸的感觉和那漂亮的光气令他为之心醉。西玛的红艳,是含蓄内敛的。它的光泽,是莹润的。它的形状,规整中蕴含了自由,每一粒都传达出古老、神秘的气息。每一粒都是孜孜不倦、精打细磨的。耐心、灵感和激情凝聚其中,令它们穿越两千多年时光来到我们面前。奢华而低调,朴实而丰润,令人惊艳。

汪明因为在战国水晶上头吃过大亏,况且,玩了这么多年珠子,捡过漏,也吃过药。积累起相当的经验。所以,虽然凭第一眼的感觉西玛珠子东西对,但真要买下来,一番认真的观察还是必不可少的。

他取出二十倍的放大镜,将珠子一粒粒细看。珠形、风化,都十分自然。向光而察,水亮的孔道,真是赏心悦目。在放大镜下,孔道内手工钻孔的一圈圈台阶痕也清晰可辨。每一粒都开门!每一粒都漂亮!

当然,店主说得没错,毕竟是两千多年前的古物,有些损伤完全是正常的。但是,汪明还是紧紧抓住这一点,狠狠地砍价。最后以每粒一千五百元的低价收入囊中。

春风得意马蹄疾。汪明驾驶着他的现代吉普,一路往东。他把车开到一百五十迈,仿佛不如此不足以跟上他那快乐的节奏。

"我要飞得更高,我要飞得更高!"他一个人大声地唱,大声地吼。超速拍照,无情地记录下这辆因买到珠子而欣喜若狂的人的车。若是平时,汪明可绝对不舍得为超速而交付罚款。

开出杭州城,车至临平,他接到了周芳方的电话,说她被强暴了。

周芳方犯了倔劲,她说,一定要把莫中医告倒。哪怕是死了,也不会放过他!这个人渣,一开始迷奸她。她容忍了那种下作恶心的举动,他竟然再次违背她的意愿,趁她昏迷强暴了她。这一次,她再也不能放过他,一定要让他付出代价,去好好吃几年官司。但是,法院不予受理。法院的人说,没有证据。法院的人还说,以前强奸案,一般都是受理的,一般都是以女方的诉词为定案依据。但是现在,是一个讲法制的时代,你说他强奸了你,证据呢?周芳方说:"证据多着呢!你看我的脖子里,淤青的,他差一点将我掐死!"法院的人说:"这个不能说明问题。谁知道是谁掐的呢?"他还下流地说:"有的夫妻,那个之后,女的膝盖上都是青紫的,还有磨破的呢!不见得也是强奸吧?"

法院的人嘱咐周芳方,下次要注意收集有效的证据。比方说,录音、录像,还有对方精液什么的。周芳方气坏了,说:"还有下次啊?我操!我准备好录音录像设备等他来强奸啊?"

法院的人说:"你不要骂人!"

周芳方说:"骂你怎么了?"

那人说:"我可以告你!"

周芳方说:"我骂你了吗?我骂你什么了?证据呢?"

那人说:"证据当然有啊!你不用担心没有证据,我们这儿有探头的。你要看可以把录像调出来给你看的。"

周芳方气得差点儿吐血。

更让她气的是,她被莫中医强奸,去法院告状的事,被人贴到了"苏州湾论坛"上,成为一个热帖。点击率高得空前。看看那些评论,真要把人气死。有说她"老少通吃"的,有说她"吸精大法"的,还有一个比较长的帖子说,像她这样的女人,为什么还要在乎强奸呢?她好的不正是这一口吗?如果别人告她强奸,那还差不多呢。

还有人更过分,居然列出一份名单,报料曾经与她发生过肉体关系的男人,有一长串。其中当然包括汪明和莫中医。名单的末尾,还特别说明:此名单或有遗漏,敬请补充。

在这方面,周芳方一向是神经大条的,抗压能力特别强。流言蜚语对她来说,如风过耳。但是这次,她真的崩溃了!她觉得活不下去了。她也要像汪明的前妻一样,去跳楼了。

她给汪明发了一条微信,对他说:永别了!她做了鬼之后,天天去盯着莫中医,让他吃不下饭,睡不着觉。而对于汪明,她感到非常歉疚。在这个世界上,只有他是最真心地喜欢她的。他不在乎她的"作风",无条件地喜欢她。她要是不去死,一定会嫁给他。但现在不行了,她已经决定要去死了。她不能成为他的妻子了。来生吧!她说,来生,她要天天陪他睡觉,只和他一个人睡。

汪明看到微信,觉得有些惊悚。他仿佛看到,周芳方也像他的前妻福真一样,上到开发大楼的五十六层楼的平台上。她在那里默默地站了几分钟,然后,就纵身跳了下来。她和福真,两个女人,合体而为一人了。她在跳下的一瞬间,发出了一声尖叫。这叫声,当然是汪明非常熟悉的。不过,是福真,还是周芳方,他有些恍惚了。他看着这条微信,有点发愣。似乎它只是微信朋友圈里的一条普通的转发信息。似乎与自己也并无太大关系。似乎只须轻轻一点,将之收藏,等有空的时候再来看它。

周芳方发出微信后，半天未见汪明回复。她突然感到失望，于是反倒打消了轻生的念头。为什么要死呢？她问自己。是啊，什么样的风雨没有经历过呢？什么样的难听的话她没有听到过呢？她不是从来就泰然处之吗？她获得了那么多的快乐，为之付出一点，实在也是应该的，怎么忽然就想不开了呢？很多很多人骂她淫荡，但追慕她的人依然不少。他们迷恋她，要她，在她身上得到无以伦比的快乐。虽然很多人嫌她滥，但是，他们还是要她。贪婪地要她的肉体。许多人在她身子上的时候，都说，为了她，是愿意去死的。这话固然不能当真，但他们这么说，至少表明，她的魅力，是相当深地诱惑了他们。她给他们的快乐，他们是无法在其他女人身上得到的。更何况，还有汪明这样的男人，完全不嫌弃她，还要娶她。她应该感到三生有幸呀！为什么要去死呢？难道说，自己竟是为了那个的猥琐的老男人才要去死的吗？这不是轻于鸿毛吗？

　　她脱下外套，朝遥远的马路扔下去。仿佛看到一个自己，从这高高的五十六层的天台上跳了下去。她似乎听到，那一个自己，砰地砸在了马路上。汽车的刹车声，人们因为惊讶而发出的声音，她都听到了。她感到特别轻松，仿佛获得了新生一般。

她在电梯的镜子里，看到了只穿一件吊带衫的自己，是那么的性感漂亮。那嫩滑的肩，那鼓胀高耸而半露的胸，那细窄而结实的腰。"我要是个男人，也会对这样的女人馋涎欲滴，以抚摸她、占有她、与她上床为人生极乐。"

她充满自信地走进一楼的星巴克。她看到许多目光，都投向了她。那些目光，像要钻进她的体内，又像要将她剥得精光，将她吞噬。

她喝掉了半杯咖啡星冰乐，汪明的电话来了。她看着手机像个怪物一样闪烁着，震荡着。在他第六遍打过来的时候，她按下了拒接。

一

方东和方南，因为长得实在太像了，所以人们都把他们看做是一对双胞胎兄弟。其实方东要大三岁，不过他的个头看上去，比弟弟方南还要略矮小一些。两兄弟就像真的双胞胎一样，形影不离。上学总是一块儿去，一块儿回。而且读的还是同一个班。方南在班上，比所有的同学都要小一岁，所以大家都觉得方南聪明，其实方南只是因为比同龄人早一年上学而已。因为两兄弟从小就粘在一起，所以他们的父母就说，让他们同时去上学吧。同出同进，也好有个照顾。当然，父母是指望方东多照顾弟弟一些，因为他要大出方南三岁嘛！

然而实际情形是，许多时候，是弟弟更多地照顾哥哥。因为无论如何，看起来方南都要比哥哥大一些，成熟一些。

有次在公交车上，哥哥踩了别人一脚，那是个光头，凶狠异常，甩手就给了方东一个巴掌。方东胆小，吃了一记耳光，十八九岁的小伙子，竟然当着众人的面哭了。方南不怕狠，上前就揪住光头的衣领，两相拉扯推搡起来。光头看上去凶狠，被方南不依不饶地揪着，倒先示弱起来。最后他问方南："那你想怎么样？"方南说："一个耳光，不打还的话，谁也别想走！"

三个人，已经从公交车上纠缠到了大街上。方东还在抹眼泪,方南说:"哥哥,你别哭了,快来抽他一个耳光!我们还要快点儿回家吃晚饭呢,谁有时间在这儿跟他噜嗦呀!"

方东抬头看了一眼光头,就是不敢下手。方南说:"快打呀!你不打我就打啦!"

光头嚎叫起来:"你敢!你敢!"

"就打你!有什么不敢的?"话音未落,一个耳光就甩上去了。那么干脆,那么响。

光头怪叫了一声,反过来要打方南。不想又被方南连抽了两个耳光。这时候方东好像才醒过来,冲上去助阵,乱踢几脚。光头大概被踢痛了,不敢恋战,竟骂骂咧咧地逃走了。

通常家里有两个孩子的,老二总是会受宠一些,老大总是会吃亏一些,但方家不是这样的。哥哥方东,反倒是像弟弟一样格外受到优待照顾。

兄弟俩成年以后,方南先找到一个女朋友。这个名叫丁小妹的姑娘,和方南谈了不久,又和哥哥方东好上了。她不光还是经常来方家,和方家的人,当然包括她的前男友方南,在一张桌子上吃饭,她甚至一如从前,会在方家过夜。只不过不再睡在方南的房间里,而是与方东同床共眠。

谁也无法从方南那里，看出一点点的不满与愤怒。而哥哥方东，也没有任何的不自然，似乎丁小妹从一开始就是他的女朋友。丁小妹这个姑娘，也是奇葩一朵，她在方家就像在自己家里一样自由，她还经常支配前男友方南为她取这取那，没有丝毫的别扭。三个人的关系，不光叫外人看不懂，就是两兄弟的父母，也实在弄不明白他们之间到底发生了什么。

两兄弟有个叔叔，是个哑巴。改革开放前，是在工艺厂工作的。后来工艺厂解散了，叔叔就一直歇在家里，靠他的瘸子媳妇养他。

最近几年，以前工艺厂的下岗工人，一个个都发起财来。雕玉的、制作红木小件的，一个个都忙碌起来。哑巴叔叔自然也不例外。当年他在工艺厂，是雕刻桃核、杏核和橄榄核的。他的强项是橄榄核雕。他雕的十八罗汉，刀法简练，形像逼真而生动。以前的核雕艺人，是很少在核雕上落款的。哑巴叔叔则在他的核雕上刻下他自己的名字"方文生"。此举一出，人们纷纷效仿，不管刻得好坏，都要落下名款。但是，"方文生"这三个字，还是最为玩家所重。核雕上有无"方文生"款，不是无足轻重的事，因此坊间很快有了很多方文生的托款。所谓托款，即冒牌货。东西并非哑巴所刻，款却落着"方文生"。尽管如此，假方文生的十八罗汉，比其他的核雕还是要略贵一些。当然真正的行家，不看落款，也能判别真伪。方文生的作品，刀法简练、果断、老辣。越是简的东西，越难模仿。大师的作品，是有其独特的气息和神韵的。同样是十八罗汉，普通的作品总显匠气呆板。在江苏省苏州市光福镇舟山村，如今几乎家家户户都做核雕的。因为文玩兴盛，手腕上戴一串橄榄核的人，在中国大地随处可见。你去北京上海，坐上出租车，也能见到司机一边开车，一边手里拿着一串核雕捏啊转的。中国人多，一万个人里有人搞一串，也是数字惊人。所以福建、山东、河北，均有人从事核雕。当然还是以苏州为盛。苏作工艺自古饮誉天下。光福的核雕，在文玩界，自然是最受重视和欢迎的。像方文生这样的名家，其核雕十八罗汉，从最早的几百元，涨到千元、几千元，最近已是几万元了。哑巴叔叔不再像从前一样，经常是人们嘲笑欺侮的对象，他成了京沪等大城市许多人追捧的大师。许多媒体、报纸、电视台，都来采访他。遗憾的是，他是个哑巴，不能对着镜头说话。大侄子方东，就成了他的代言人。

　　方东口才不错，他从来不怕记者。只要摄像机镜头一对准他,他就立刻来了精神。有一句话,他总是不忘对记者说的。他说:"耳朵听不见,心里特别静,刻东西就特别专注。"他的这句话,因此也最多被媒体引用。其实,认识方文生的人都知道,哑巴的心并不安静。他坐在窗口刻东西,外面有任何动静,他都要抬起头来看上几眼的。如果看不明白究竟发生了什么,他就要放下手上的活计,亲自出门看个明白,外面若是走过年轻的姑娘或媳妇,他一定要死盯着她们看。直到她们从他的视野里消失。

虽然方东始终充当叔叔的发言人,方文生每接受采访,也都离不开方东,但哑巴的心里清清楚楚,老大方东为人浮躁,怕苦怕累,心地也没有老二方南好。所以他的手艺,早有了传给方南的打算。方文生自己没有儿女,他一向是把方东方南看做是自己的儿子。当然在他心中,对老二方南要看重许多。

方南学手艺十分刻苦,他虽然不是哑巴,但他的话并不比哑巴多多少。他的心,也更为专注。他在刻台前,常常一坐就是一天。除了吃饭睡觉上厕所,就是在那里刻啊刻。学了两三年,他的十八罗汉就已刻到叔叔的水平了。叔叔看了,也没有夸他,只是将核雕拿过去,在那颗莲花鼓珠上刻下"方文生"三个字。

现如今不仅是核雕,许多行当,玉雕、制壶,大师时间精

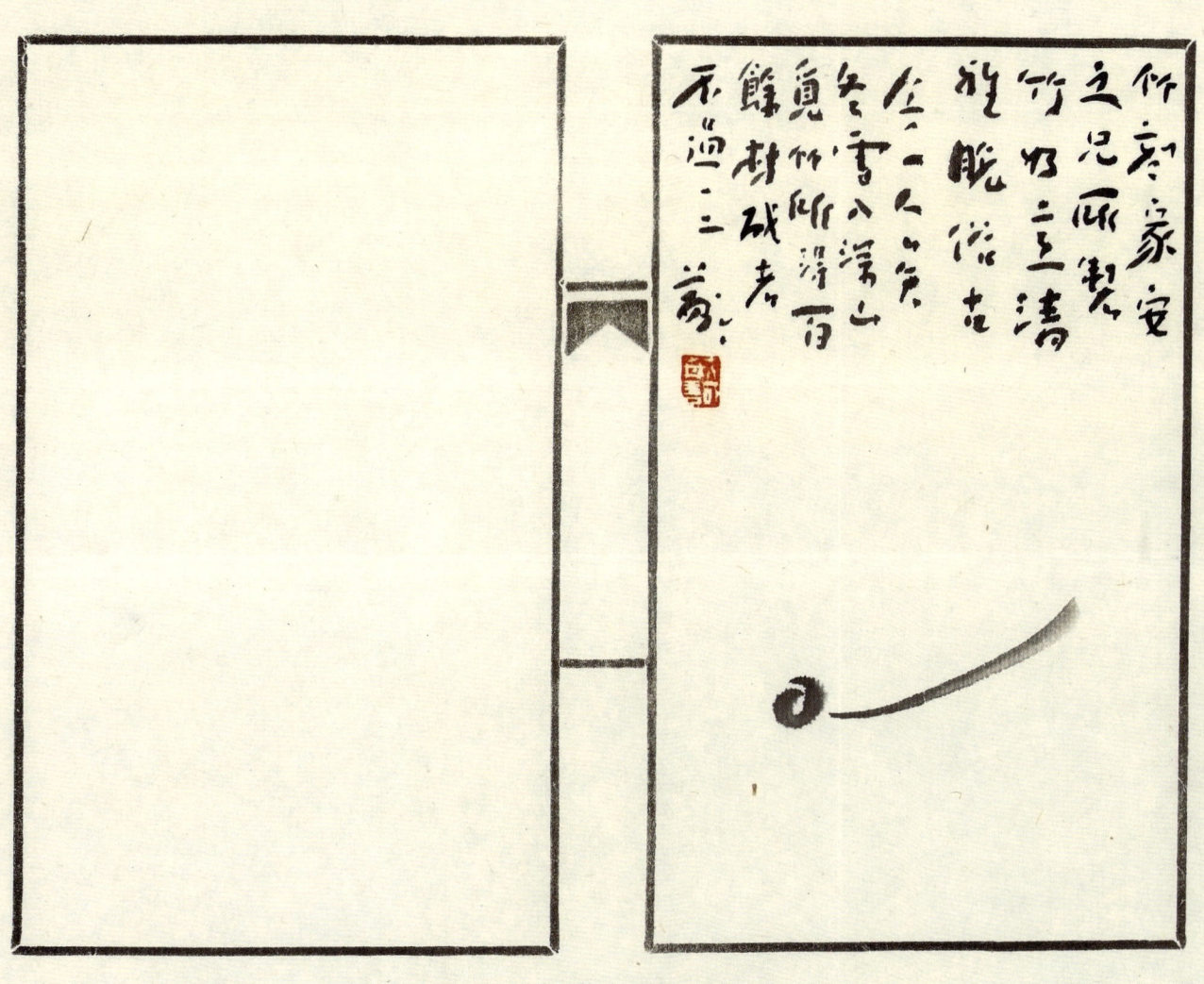

力都有限，一年做不出几件东西的，但市场追捧，需求量大，怎么办？就在徒弟做得好的作品上，落上自己的名款。徒弟的作品只能卖三千，刻上大师的名字，就能卖三万，甚至十万。有的大师，干脆自己不做了，专门负责落款。徒弟也来不及做了，就把外面做得不错的东西收进来，刻上自己的名款。

方东的脑子，比叔叔还要活络。凡有记者来采访，他都要送作品给他们。无论男女，见者有份。或是手串，或是一粒单珠。当然不可能是方文生的作品，也不可能是方南刻的。他都是到邻居家去买非常便宜的，拿来让叔叔落款，然后去糊弄记者。方南对哥哥说："这样不好吧？"方东说："他们都不懂的！谁看得出来呀？"

方南还是觉得心里不踏实。这种东西，拿到的人不懂，但它不是食品，吃掉就不见了。东西还在，终有一天，它会遇见懂它的人。懂的人一眼就会看得出，这东西刻得很差呀！这样，日久天长，叔叔的牌子不是要坍了吗？

他于是对叔叔说，不要再在不三不四的东西上落款了。那不是在败坏自己的名声吗？方文生并未接受方南的忠告，倒是把方南的话告诉了方东。方东就对弟弟说："不送东西给记者，他们会帮你宣传报道吗?"方南说:"只要东西做得好,就行了。"方东说:"东西做得好,非遗传承人为什么不是我们呢?"

方东说的,是"非物质文化遗产传承人"。这一称号,按理说是应该评给方文生的。传统核雕,虽然中学语文课本里写到的那只核舟,是福建人陈祖璋刻的。但最为重要的橄榄核雕基地,还是在苏州。明清两朝,直到民国和解放前,光福舟山出了多少核雕大家啊!到了今天,这里更是中国核雕的一方重镇。光福核雕,蜚声海内外。而活着的核雕艺人中,不管有多少大师,刻得最好的,还是方文生。这个哑巴的刀法,既有传统工匠的扎实,又有文人画的灵动意趣。说他是核雕界的齐白石,一点都不为过。"非遗"传承人评给他,才是实至名归。但是,全国核雕界仅有的一个"非遗"传承人名额,却给了另外一个人。而那个人,根本就不会刻的,所有落他名款的核雕,都是他工作室里的人做的。样式呢,都是偷来的,剥了别人的样稿。他们的宣传册上所用的图片,有一件,竟是方文生的作品,但因为此人有大能耐,关系通天。据说是在文化部都有熟人。这件事,曾气得哑巴生了一礼拜病。有苦说不出!他只是躺在床上,大声咳嗽,间或长叹。食物则以粥和酱瓜为主,搞得面黄如蜡,一个多月手拿不动刻刀。

半庭香霧
乙未 墨公

做工艺品这一行，常常也需要天赋的。从古至今，做紫砂壶的工匠无数，能达到做出来的壶光素大气、文雅古朴堪称尤物的，近代除了顾景舟，又有几人？古代制作铜手炉，名匠是张鸣岐、王凤江；寿山石雕，则是杨玉璇。核雕也是如此，舟山村几乎家家有人做，但将十八罗汉雕刻得出神入化生动无比的，首推哑巴方文生。他在工艺厂的时候，也拜过师，但他的师父，实在手艺平平。刻出来的东西，呆板凝滞，仿佛模制机刻。更何况，当年与哑巴一起跟着那位师父学刻橄榄核的，共有十个八个，虽然如今也有多人在以核雕谋生，但皆为庸刀俗手，做出来的东西甚至都还不如他们当年的师父。在市场上出售，也只是走低档路线，不过区区几百元一条手串，赚个辛苦钱而已。

方南有其叔叔的天赋，每一刀，都在橄榄核上画笔一般游走。该硬朗的地方硬朗，该柔和的时候柔和。运刀如走笔，徐疾自如，疏密有致。他的作品，拿到手上仔细欣赏反复把玩，会叫人越看越爱，心生喜悦。核雕这东西，虽说有些不登大雅之堂，却是文玩中重要的一路，深受人们喜爱，发烧友无数。清康熙年间，有个叫封锡禄的人，因为他雕制的一枚核舟，被皇上看中，结果封氏被召入宫，进了清宫造办处，专门为皇家雕制竹刻、核雕、象牙雕等工艺品。台北故宫博物院就藏有一枚核舟，是举世闻名的国宝啊！

今天没有皇帝，国家领导人玩不玩核雕，不得而知。喜欢核雕的百姓成千上万，则是完全可以肯定的。新浪微博上"天下文玩官方微博"的粉丝数，有十多万之巨。核雕与玉雕、象牙雕、犀角雕的不同之处在于，它的材质并不名贵。虽然所用之核，也并非普通的橄榄，而是产于福建广东的优良品种，是专供雕刻之用的，须形好质坚，特别大的和特别小的殊为难得，因此价亦较高。那些大而有形的素核，也要卖到两千元一颗。但尽管如此，核子比起紫檀黄花梨等名贵木材来，价还是低廉的。在普通的材料上，施以工艺，特别是妙手神工，它就脱胎换骨、点铁成金了。玩核雕的特别乐趣还在于，它是小巧精致的随身之物，可以绕于腕，亦可系于腰。随时都可以取出观赏把玩，或与同好交流观摩。更为独特的是，随着一天天盘弄把玩，核子会暗暗发生变化，由先前的生涩，变为自然圆熟，色泽也由黄转红，日益莹润红亮。玩上几年，有了一层光润可人的包浆，不仅不会再开裂，而且色若琥珀，珠光宝气。那形制，那图样，仿佛不再是人工刻就，而是鬼斧神工，天然长成。玩得好的核雕，与刚刚刻出的成品，价值是不可同日而语的。而所谓玩得好，是既要出包浆，而又不油腻混沌，须清洁无垢，色深而不沉，灿烂而又光泽柔和。如果是方南这样的工手，再玩至色若琥珀的境界，那么就是极品了。就是出再多的钱，也不一定就能求得到的。

一些资深的玩家已经发现，同样"方文生"款的东西，水平却有着奇妙的差异。有些，虽然也有着相当高的水准，但是，刀法却显出了疲惫，缺乏一股生机勃勃的力量。而另一些，却准确、欢腾，每个细部，都洋溢着一种创造的欢快。一些精明的玩家兼商人，开始收罗有着别样神采的"方文生"款核雕，见一件收一件。而真正是哑巴方文生亲刻的，则渐渐受到了冷落。

那些落了方文生款的粗俗之物，终究也给哑巴带来了报应。江湖上越来越多的人知道了，只有少量方文生款的核雕，是哑巴的侄子方南刻的，这才是胜过方文生的神品，才是有收藏价值和极大升值空间的。除此之外，大量的是托款，贴牌货，是庸手俗品，不值一玩。

而真的方文生所刻，竟也破天荒地出现了滞销。行家只玩方南刻的。而普通玩家，则因为托款充斥坊间，便宜，随便花个一两千元，就能买到"方文生"款的，又何苦大费银子，掏钱去买真的呢?

哑巴当然一下子心理上很不适应。买家来他家中挑作品,挑走的都是方南做的。而他亲自做的十八罗汉,半年都没卖掉一串。卖贵没人要,贱卖他又不愿意。这是多么巨大的变化啊!从前,方文生的作品,一直都是供不应求的。谁能来舟山,在他家中拿到现货,那就是此人的造化,天大的运气了!通常的情况都是,留下地址和电话号码,然后是一大叠人民币,还要像对领导一样点头哈腰好话说得自己都感到肉麻。总之就是务请方大师多多关照,尽量拔一拔,不要忘了云云。

说方南一点不想自立门户,恐怕也不是实情。但只要叔叔不提出来,他永远都不会开口。他的兴趣,似乎并不在赚钱。事实上,他刻出了那么多好东西,自己并没有拿到多少钱。钱都是交给哑巴叔叔的。更确切些说,大部分都被哥哥方东拿去进行"公关"和"开发"了。方南的心思,都在雕刻上头,他买了大量的书,宗教的、民间传说的,还有中国古典名著。都是一些图文并茂的书。他不仅要从中学习构图和造型,也要为自己多补补文化。他意识到,光靠师父教徒弟学这样的传统方式,是已经跟不上当前的形势了。是满足不了新时代的新需求的。现在的玩家,

黄花梨木的小盒子又稱帖盒乃昔日書信往還所用這樣畫本大的木盒價今達十万元一点是讓人覺得不可思議

癸巳夏寫於翠美軒 老圃

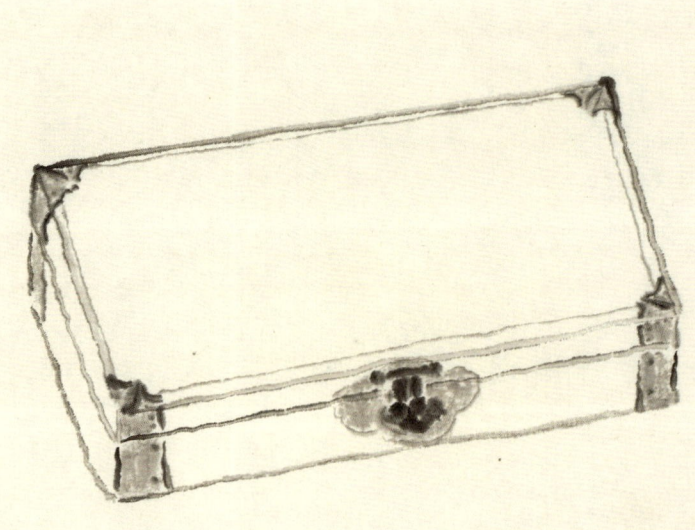

彈撥別來風氣把
酒聽飛雪化
了浮華廬山果然
莫辯有無涯去
鶴李雲林小夏子
乙未寫竹敬蘇

对完全传统的东西，真的是已经感到不能满足了。陈旧单调的题材，千篇一律的造型，在一些大玩家看来，只是玩儿的初级阶段。玩到高境界，就要收藏那些既有传统意味，又有创新精神，并且是独家品牌别无分店的。譬如竹刻界，上海的张伟忠、浙江的俞田，还有玉雕界，苏州的杨曦，他们的作品，之所以在业内和玩家心目中备受推崇和尊重，就因为他们有迥异于传统的面目。既是汉民族的，又符合当代人的审美趣味。至关重要的是有自己在里面。有自己的思考，自己的情感，有既不同于传统，又不同于别人的自己的雕刻语言和风格。

传统的核雕，题材是相当狭窄的。最多最常见的，就是十八罗汉，单面的，那就是十八粒，穿成一串。如果是双面罗汉，那一个手串就是九粒。除此之外，就是观音、八仙，文气一点的题材，就是竹林七贤和羲之爱鹅。还有一个最重要的品种，就是核舟。其余，就是花篮和一些瓜果了。

要在题材上进行一些新的尝试和开拓，这种想法方南是老早就有了。他买了大量的资料，甚至有清代改琦和当代戴敦邦的红楼人物画册，以及关良、马得的戏曲人物画。还有绣像金瓶梅图册和其他的一些古典名著连环画。他一直在悄悄地作准备。

既然叔叔不再让他在作品上落"方文生"的名款，他就设计了自己的落款。他用"南方"这样一方篆字小印，作为自己的标记。也从此开创了自己的品牌。文玩江湖上一种落款为"南方"的核雕横空出世了。

他将自己的姓名倒过来，这也是前所未有的。他觉得这样做，先自脱了俗气，给人一种清新之感。其次，他希望自己的作品，更多地体现苏作传统和江南精神。南方，既是方家的，更是江南的、南的！以此区别于潍坊工和廊坊工。

他在传统的基础上进行了很多改良。无论是罗汉、八仙，还是达摩和观音，他都赋予他们以全新的面貌和精神。罗汉还是罗汉，但他们已不是庙堂里那威武严肃得不可亲近的样子了，他们变得那么可爱，具有卡通人物的特质，非常有喜感。

他还向西方美术学习。他的雕刻，得益于学院派美术，人体解剖、透视、明暗等素描关系，让他在人物雕刻上更准确、有力和传神。

很多媒体来采访他。当今中国，正遇上宋代、民国以后的第三个收藏高潮。许多报纸和电视台，都开设了收藏和鉴宝方面的专栏。甚至中央电视台，都来为他拍了半小时的专题片。

釋迦多寶二佛並坐像源自妙法蓮華經見寶塔品。爾時佛前有七寶塔從地涌出寶塔中有如來全身乃往過去東方無量千萬億阿僧祇世界國外寶淨彼中有佛號曰多寶於其國中有七寶塔。右楷書釋迦多寶塔戶。

但是方南不喜欢接受采访。他也舍不得把自己的作品送给记者。尽管这样，还是有记者不断找上门来，因为他的名气太大了。许多人是觉得不可思议的，不就是一粒橄榄核吗，怎么让他如此风光？又是名人，又是大师的。最让一些根本不知文玩为何物的人惊诧不已的是，小小的一颗橄榄核，居然卖价几万元！一只方南创作的核舟"闹新春"，船分两层，上面一共坐了38个人。这样一枚核舟，竟然卖了15万！

与哑巴叔叔渐渐几乎是断了关系。每次去叔叔家，叔叔都不理他，似乎叔叔不仅耳朵嘴巴有毛病，眼睛也出问题了。每次方南去，他都只当没看见。连头都不抬一下的。更别说笑一笑打个招呼了。婶子见了他，虽然没有装着不认识，态度也是怪怪的。

叔叔有次嫖娼被抓，派出所打电话给方东，方东接过一次电话，下来就关机，再也无法打通。后来电话打给方南，方南去交了五千元罚款，才把哑巴叔叔领回来。按理说婶子应该感谢方南才是，但她不。从那以后，方南去叔叔家，婶子便不开门。

方南感到委屈，也有些气愤。从此也就不再登叔叔家的门了。

叔叔和方东一起开了一家小店，店里所出售的核雕，都是从各家收来的。有好一点的，但大部分都是并不上档次的"行货"，甚至连机雕的东西都有。店里当然是不会放方南的东西的。

方南的手上，已经很少有成品了。一刻好，就被人拿走了。订货的、交了预付款的，都排了长队呢。遇到有民间工艺展览和民艺博览会之类的，方南只能向熟悉的玩家借一两件自己的作品去参展。许多时候，他就不送作品去了。所以江湖上盛传方南是一个异常傲慢的家伙。尽管如此，他的"南方"款核雕，还是一粒难求。

通常在核雕店的柜台前坐着的，都是哑巴方文生。东西不受欢迎了，眼睛呢，还越来越不好了。所以他已经不再做东西了。一位曾经的核雕名匠，居然就成了一个普通的售货员。有天方南经过小店，看到坐在柜台后面的叔叔，居然吃了一惊！这真是他吗？他是什么时候变得满头白发的呢？方南的心里酸酸的，很想上前叫一声"叔叔"。正在他伤感时，瘸子婶子的一盆水，哗地从店里泼了出来。

方南迈着被水贱湿的双脚，内心并无屈辱之感。他只是觉得悲哀。他的脑海里，飘来荡去的尽是叔叔的白发。他的心异常地柔软，无法确定自己内心那股酸酸的滋味是愧疚呢，还是同情。要是叔叔现在追上来，过来拉住他，像很久很久以前一样，亲热地将手搭在他的肩头，他一定会哭出来的。如果叔叔请他回去，他一定会跟着他走。如果叔叔提出来，要在他做的核雕上刻上"南方"的落款，方南也会答应。不过，显然无此可能！叔叔虽哑，却一向心高气傲，你就是打死他，他也决不会做出在自己的作品上落别人的款这样丢人的事的。在这个世界上，只有别人伪托他方文生的款，而绝无他去冒别人之名的可能。那对他来说，无疑是奇耻大辱。

那么，他也许会以手势告诉方南，允许方南再次借用他"方文生"的款。对于叔叔的哑语，方南从小就是心领神会的。如果真的发生了这样的事，那么方南也会答应的。

方南甚至有了一种不祥的预感，觉得叔叔也许将不久于人世。他的眼前，似乎已经浮现出这样的图景：满头白发的叔叔直挺挺地躺在一块门板上，他的身上，覆盖着一条大红的被子。

要是没有叔叔，我能有今天吗？方南想，我是个忘恩负义之人吗？

在叔叔的丧礼上，方南哭得非常伤心。他听到了自己的哭声。他希望叔叔也能听到,并因此原谅他,但是叔叔闭着眼,躺在那里,一副固执的样子。方南跪在他的遗体边,跪了很久,也没人扶他起来。他跪在那里,除了听到自己的哭,还听见婶子歌唱般的哭诉。她一直在指桑骂槐,好像是在抱怨,叔叔其实是被方南害死的,至少也是被他气死的吧!

叔叔过世之后,坐在核雕店柜台后的,换成了方东妻子丁小妹。她烫了很夸张的发型,嘴唇涂得艳红。耳朵里还总是塞了耳机在那里听音乐。每次走过小店,方南都会瞥她一眼,而当她发现他,也向他看过来的时候,方南收回眼光,匆匆走了。

有一天她叫住了他:"方南!方南!"

"嫂子!"他也叫了她一声。

她向他招手,大声地喊他。

"什么事啊,嫂子?"

"你别叫我嫂子,叫我名字!"

方南叫她"嫂子",确实不光丁小妹听了别扭,就是方南自己,也觉得不自然。她是他以前的女友啊!以前,他俩谈朋友的时候,他都是叫她"小妹"的。一口一个小妹,叫得不知有多亲热。可是后来,她跟哥哥方东好上了。跟方南谈朋友的时候,

她就在方家过夜了。后来跟方东好了,她还是在方家过夜。再后来,她就和方东结婚了。他就叫她"嫂子"。

"你来看!"她把他叫进店里,拿出一串手串给他看。手串九粒的,雕的是双面罗汉。"是你做的吗?"她问。

他还没拿到手上,就知道不是他做的。一看气息就不对的。并且材料还是铁蛋核。方南是从来不雕铁蛋核的。虽然它细腻、密度高,也容易盘深颜色和玩出包浆,并且也不太会开裂,但在方南看来,它不够雅气。

"不是落了你的款吗?"丁小妹说,"喏,你看,这里,南方,不是吗?"

这个篆字小章,倒是仿得有七分相像,但罗汉雕得实在一般。正因为仿制比较用心,所以许多细节的处理,显得十分拘谨。不像方南所刻,刀随心动,线条自如。"谁做的?"方南问。

丁小妹说:"我怎么知道!有人拿来叫我看,我又看不出到底是不是你做的。"

但是方南并没有很确定地说这不是他的作品。他一直都是这样的,凡是看到别人托款"南方"的东西,他的反应都不那么强烈。对那些仿得比较好的,他甚至还表示出赞美和欣赏。他是这么想的：大家都是想吃口饭，也都不容易，托他的款，其实也是看得起他方南。再说了，真正刻得好的，应该也没必要来仿他，总有一天会出来，会超过他方南的。而仿制和托款，多少是没出息的表现，也就不用担心他们会抢了自己的饭碗。再说了，"南方"款的核雕，都是行家玩的，高端的玩家，不用看款，就知道是不是方南做的。洒脱的运刀，准确的造型、开相，以及独到的气韵，是无论如何也仿不出来的。

"雕得像不像？"丁小妹的目光瞟过来，方南看到了一种熟悉的妖媚。昔日的恋人，今天的嫂子。他们已经多久没有这样单独在一起了？他闻到了她洗发水的香味。这香味，是多么熟悉呀！他不禁一阵心荡神驰。

"我要到北京去了！"方南对嫂子说，"有人给我开了一家工作室，条件非常好的。北京毕竟是首都，我去那里做，一边还可以到中央美院雕塑系进修。反正做东西，在哪里都是一样的。"

方南四十出头了，还是单身一人。他至今只谈过一次恋爱，就是和丁小妹。后来丁小妹和方东好了，成了他的嫂子，外界都认为方南的女人是被他哥哥抢掉的。真实的情况并不是这么简单的。

虽然说，从小到大，在家里，方南什么都是让着哥哥的。他的衣裳，没有一件不是方东穿过的，但是让女人，好像真的是没有这么简单的。在丁小妹投入方东怀抱之前，她与方南之间，已经出现问题了。丁小妹是一个性欲特别旺盛的女人，她只要和方南在一起，就要做那个事情。方南有点吃不消她了。虽然方南性格坚强，较能吃苦，从小也都是他更多地照顾哥哥，保护哥哥。但他体质向来不好，文弱多病，与他的性格和外形有较大的反差。

有人帮他把工作室开到北京，帮他联系了中央美院雕塑系进修。他一个人无牵无挂，也就很爽快地答应了。北京大码头，玩核雕的特别多，行家高人也都在那里。这对方南的事业，当然是再好不过了。方南已经去北京看过了，工作室就在东交民巷的一个老宅子里，环境十分幽雅。他一看，就喜欢上了那个地方。他孤身一人，吃饱了全家不饿，走到哪里都是家。

现在，他却突然有了一些不舍。丁小妹听说他要去北京发展，眼睛里竟然泛出了泪光。"不回来了吗？做北京人了呀？你要讨个北京女人成家吗？"

如果丁小妹劝他不要走，别去北京，北京有什么好呀？人生地不熟的，吃的住的都不一定会习惯，而且北京空气干燥，核子也容易裂呀！如果她这么说，他会不会听她的，就此改变主意，不去北京了呢？

丁小妹从脖子里取下一颗金花生，递给方南说："这个给你留个纪念吧！别忘了家乡！"

方南推辞不要，丁小妹的眼泪唰唰地流下来了："你也送我一件东西好了！"

方南掏出手机，将挂在上头的一颗核雕取下来，给了嫂子。这枚达摩渡江，是他去年刻的。达摩的神情悲悯而固执，其中有许多神来之笔。多少人出重金要买了去，他都没舍得。一年多戴下来，已经有了好看的包浆。核雕要养出漂亮的包浆，其实也是有一些讲究和窍门的。许多人都喜欢将核雕在鼻子两边蹭油。其实这样不好，会把核子搞腻，甚至是搞脏。核雕一定要干净才漂亮。如果手不干净，是不适宜把玩它的。干净的手，轻轻地摩挲它，日子久了，它就会红润莹亮，像琥珀一样。还要经常用干牙刷刷它，把它凹陷处刷得干干净净。同时也是给手摸不到的地方上包浆。一定要是干净的干牙刷，不能带丁点儿水。核雕最怕的就是水，沾上了水，就容易开裂。当然，汗水它是不怕的，反倒喜欢。多接触汗水，它会红得更快、更美。一件核雕，玩好了，

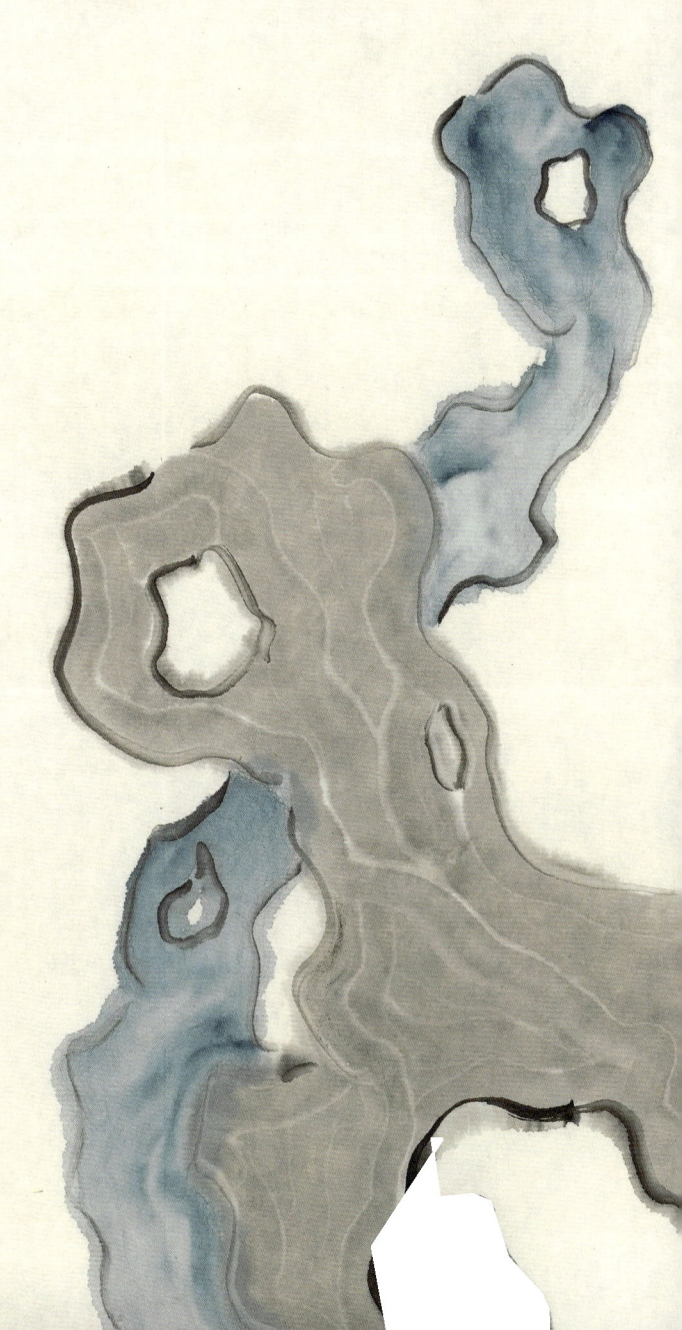

玩出了好的包浆，就不会再开裂了。价值也比刚刻出来的时候要高很多的。

丁小妹接过这枚核雕，把它放在手心里仔仔细细地看。她说："南方款原来是这样子的啊！方南，我还是第一次看到你做的东西呢！你雕得真好啊！"

方南说："这粒达摩渡江，许多人都要向我买，我一直舍不得卖掉。看来我不卖掉是对的，否则今天就不能把它送给你了。"

丁小妹一把拉住方南的手："方南，你不要到北京去！"

方南说："合同都签好了，一切都安排好了，不可以不去的！"

丁小妹一下子扑进方南的怀里，说："我不让你走！"她一边哭，一边告诉方南，方东如何对她不好，他的心思根本不在家里，一直在外面赌，欠了别人很多债，而且，他在外面，还有别的女人。

叔嫂两个人，这副样子，方东在店门外早就看到了。他被内心一股恶气推着，终于走进了店里。他脸色铁青地走进店里，方南和丁小妹，却还是浑然不觉。

喬如故

推进门去,一缕奇香缎带一样飘然而至。

千千忍不住打了个喷嚏。这香,就像是一只看不见的小虫子,钻进她鼻孔,紧紧地吸附在她的鼻粘膜上。一个喷嚏,它又瞬间融化了。千千心头突然涌上难言的伤感,又好似一种幸福的感觉轰然而来,让她几乎要哭出来。痒痒的,麻酥酥的。她呆呆地站着,任这种痒痒的麻酥酥的感觉越来越浓越来越强。终于以一个喷嚏达到了高潮。

"坐,坐呀!"家伟说。

千千是跟着阿熙一起到家伟这里来的。阿熙其实早就跟她说起过,有一个叫家伟的人。一个四十岁的男人,是个玩香的。"香有什么好玩的?"千千觉得不解。香对她而言,就是一种寺庙里的气息。任何庙,只要一踏进去,就能闻到这种香气。敬神礼佛而已。千千一直不相信神啊佛的,所以对寺庙也一直没有什么特别的感觉。当然对于庙里到处弥漫的香烟,也就从来没有特别的在意。不过这并不等于说她瞧不起这些。恰恰相反,她向来很敬重有宗教信仰的人。她清楚地知道,虔诚的信徒,精神上是愉悦的,心灵是很充实的。因为有了信仰,所以就有方向,心就有归宿。千千相信,真正有信仰的人,是不会对生活感到绝望的，也不会害怕天灾人祸。当然，也不会干出伤天害理的事来。他们对于死亡，更是不像我们，会有一种灭绝的恐惧。但是但是，"我就是信不了！"她懊恼地想。她无法想象，人死后还能去到另一个地方。那是什么地方？"不可能的，不可能的，人死了，就没了，什么都没了！"她从小就明白这个道理，至今没有改变。

阿熙告诉她，有一种叫沉香的东西，是木头，但又不是普通的木头。而家伟呢，就是玩这个的。沉香放在水里，它会沉下去。它还有着难以形容的好闻的香气。所以叫沉香。很重要的一点是，它的价格，比黄金还要贵。

千千笑笑：还有比黄金更贵的木头吗？

阿熙说：你真是孤陋寡闻！

家伟是一个什么样的男人，千千以前虽然没见过，但她大致也从阿熙的嘴里知道个大概儿。他是一个离婚不久的男人。他喜欢玩，但不是吃喝嫖赌，也不玩电子游戏，他就喜欢玉石啦、玛瑙啦、竹木牙角雕刻啦，还有其他的一些小古董。他认识阿熙的时候，是有老婆孩子的。也就是说，他是一个有妇之夫。不过后来，就听阿熙说他离婚了。"是不是为了你？"千千问。阿熙红着脸骂千千:"怎么你也这么说,你个瘟逼!我可不是小三!"

千千的脸拉下来了:"哼,小三怎么啦?"

千千凡是听到有人说"小三"这个词儿,心里就会格登一下。特别的刺耳。因为她就是一个小三啊。她是一个正宗的小三。她当了两年多的小三。虽然她认识大康两年之后,大康离了婚,但是,她曾经的小三身份,毕竟让她对这两个字特别敏感。"什么是小三?谁是小三?在三角关系中,没有了爱情,已经成为多余的那个人,才应该是小三啊!"她一直在心里如此强调,也算是为自己的行为,找到一个理由吧。

阿熙的嘴里,突然频繁地提到家伟的名字。知道他喜欢玩古董,千千说:"我家里有几个银元,不知道值不值钱,让他帮我看看吧。"

如果那一次千千亲自拿了银元去让家伟鉴定,那么她认识他的时间,就会提前至少一年。她也就会在一年之前闻到那一缕要命的幽香。一年之前闻到沉香,她会爱上它吗?它会成为她的夺命幽香吗?

可是那天她突然觉得胃不舒服。胃胀胀的,时不时往上涌一口酸水。她知道,胃肠不适,口气就有点问题。她就不想去见人

閒吟的偶對靜一爐香寫翁

了。她把五枚银元交给阿熙:"让他看看,值多少钱。"

银元是千千的父亲留给她的。千千19岁的时候,她父亲得肝癌去世了。父亲给她银元的时候,表情很庄重,似乎这是一笔巨大的遗产。他说,这银洋钿,是他的母亲传下来的。千千的奶奶,传下来一共六枚银元,其中一枚,在1981年千千出生的那年,被她父亲拿到金铺去打成了两个戒指和一对耳环。两只戒指如今都还在,装在母亲那只铝制饭盒里。黑乎乎的,氧化得厉害。其中一只,上面绕了一圈圈红线——想必是母亲当初套在手指上嫌太大的缘故吧。一副耳环呢,早就不见了。以前,每每说起,母亲都会笑言:"你爸送女朋友了。"

看母亲的表情,似乎只是说笑。母亲的意思是,耳环哪去了并不重要,反正绝对不会是父亲送给女朋友了。千千看得出来,母亲坚信这一点。但是,在千千看来,母亲的自信却有点可怜。因为她一直认定,父亲活着的时候,在外面是有女朋友的。"而且不止一个!"她曾亲眼看到,就在离她家不远的一个小弄堂里,父亲和一个年轻的女人在一起。当时他的一只手,放在女人的屁股上。

五个银元从家伟那里带回来,阿熙说:"都是假的!"

怎么可能呢？千千是不会相信的。银元是奶奶留下来的，也会假吗？

阿熙说："喏，一个龙洋，是湖北光绪。其他四个，都是袁大头。大头是最不值钱的！家伟说了，只有民国八年的贵一点。但是，你这些都是假的！"

千千固执地认为，她家的银元不可能假。会不会是被家伟换掉了呢？他是一个什么样的人呢？

她把五枚银元一块块拿起来看。认真看，反复看。看了半天，也无法判断出它们究竟是不是自己家里的。它们既熟悉，又陌生。她感到十分窝囊。

她特意去了一趟苏州文庙，让古玩店的人给看看。"你看哦，"古玩店的老头对她说，"银元假的很多，正面反面都不容易看出真假来。只有看边道。"他从抽屉里取出一枚银元，说："你看这里，这边齿，是直槽形的。这是假的。你的呢，你看看，边道是橄榄形的，两头尖尖，这是真的！"

"真的吗？"千千的心咚咚地加快了跳。

老头教她，判定银元的真假，还可以听声音。他用中指托起千千的银元，银元几乎悬空。他的另一只手，则拿起另一枚银元,轻轻敲击托起的银元。银元发出很清脆的声音,很好听,尾音很长,仿佛远处寺庙的钟声。

他又托起一枚假银元,以同样的方法敲它。"你听,姑娘你听,是不是两样?"

但是,在千千听来,真假银元的声音其实并无不同。

那么,家伟为什么说她家的银元都是假的呢?

她和阿熙,小学时候一直是同班同学。升入初中后,她们还是经常来往。高中也是这样。后来大家都参加了工作,交往也始终未曾中断,但她们的关系,却实在说不上是好。始终都没有到亲密无间的程度。她们只是在缺伴的时候才会想起对方。尤其千千,更是这样。如果千千身边有更好的女伴,上个街啦,看个电影啦,如果能找到更好的人一同去,她是决不会去找阿熙的。但是,在生活中,要找到既兴趣相同又能掏心掏肺的朋友,谈何容易!所以对千千来说,和阿熙一起玩,实在是不得已而求其次。好在,阿熙的趣味倒是与自己比较接近。喜欢逛什么街啦,去什么店啦,看什么风格的衣裳啦,吃什么东西啦,在这些方面,她和阿熙意见总能达成一致,但是,这种一致,只是浅层次的,完全不能算是友谊。说得不好听一点,就是相互利用。她几乎从不跟阿熙说心里话。这是因为,首先她不放心阿熙。阿熙是个小碎嘴,什么事情被她知道了,不说出去就像会死一样。其次,千千也一百个不愿意对阿熙说真话。觉得自己把真心话说给她听,简直是一种浪费,不值的。因为阿熙这个人,从小到大,对她千千都没有一句心里话的。她满嘴都是假话,整天都是虚啊虚的!

那时候千千还在上高中,总听阿熙说,她的父母如何恩爱。可是,后来她终于知道,阿熙的父母在十年前就离婚了。也就是说,千千还在上小学的时候,阿熙的父母就离异了。可她竟然还口口声声对千千说,她的父母有多恩爱。这是什么样的人啊!

"你骗别人也就算了,怎么在我面前满口假话呢?这样做有什么意思呢?"千千很生气。

所以千千自己的事,从来都不讲给阿熙听。她认识大康之后很久,阿熙才知道世上有大康这么一个人。

"他离了,你要和他结婚吗?"千千和大康已经交往了两年了,阿熙才知道大康其人,才知道大康为了千千离婚了。

千千点点头。其实,她根本就没打算要和大康结婚。她知道,大康也没有这样的想法。他在滨湖新城买了一座别墅,二楼的房间可以看到湖景。他们就住在里面。"就这样不是挺好的吗?"千千想。他在外面再忙,也会天天回来,两个人就像夫妻一样。只要两个人好,结婚不结婚又有什么区别呢。

买这座别墅的时候,房产证上写的是千千的名字。一开始,千千是拒绝的。她要证明,她和他在一起,就是因为喜欢他这个人,而不是贪图他的钱财。但是,拿到房产证的时候,看着上面自己的名字,千千还是感到无比的幸福。她喜欢这座房子。倒不是因为它值很多钱,而是它建在湖边。湖面浩渺,岸边长着大片的芦苇。湖的那头,还有几叠水墨画一样的远山,就像是童话里的房子。她住进了童话。

和大康开始交往的很长一段时期内,大康的老婆天天发短信到千千的手机上。都是各种各样的骂人话。千千非常奇怪,这个女人真能骂,她怎么能想出那么多奇奇怪怪的骂人话呢?她的语言天赋真是非同寻常!千千一个都不回,但她坚持骂,锲而不舍地骂。千千换了几次号码,奇怪的是,每次对方都很快获悉了她的新号。绵延不绝的辱骂天天都会发到她的手机上。千千很气,把气撒到大康身上。她骂他"乌龟",怪他不帮她。她遭到了这样的谩骂和凌辱,他竟然不肯出头,不管不顾。他劝她:"你别生气,只当看黄段子。"千千说:"要是我这样骂你呢?"大康说:"好啊,你骂啊,我喜欢听啊!"

"你是个烂逼生的!"千千哭着骂他。

"你别骂我妈啊!"

躺在二楼房间的床上,把窗帘完全拉开,可以看到大片湖面。湖上闪耀着月亮的银光。好开阔的湖面啊!月亮看上去好小,但却很亮。一个人住在这样的房子里,千千完全无法形容自己的心情。她常常就这样在床上躺着,看着窗外的夜。夜广阔,湖面广阔。如果大康在她身边,那么,她也许就不会有机会看外面的夜景。他们不是叽叽喳喳地拌嘴,就是风风火火地做爱。好像两个人在床上,除了做爱和拌嘴,就不可能有第三件事可干了。

把窗子打开。湖风吹进来,有一股鱼腥味。湖水下面,有好多好多的鱼吗?看不见的东西,等于没有,但是,鱼腥味告诉千千,湖水中是有着很多很多的鱼儿的。世界上有太多太多的事物,虽然看不见,却还是真实存在着的。

大康还没有离婚的时候,她总觉得有一件人生大事还没有完成。那件事,在远处等着她。它总是在远远的地方,没有一点儿向她靠近的意思。但是，她却相信它总会来。后来，他终于把离婚的消息告诉了她。"你高兴吧？"他讨好地问。

她默默打量他。这个人帅吗？他很有钱吗？他算不上帅，但他确实很有钱。那么，自己是喜欢他这个人呢，还是为他的钱所吸引？答案很明确啊！她从来都不怀疑，自己完全是喜欢他这个人。虽然她也说不出自己为什么会喜欢他。如果他没有钱，她还会喜欢他吗？答案是肯定的。她当然还是喜欢他！即使他们不住在湖畔的别墅里，即使只是住在狭窄的出租屋里，她也愿意。只要和他在一起。

住进滨湖新城的别墅后不久，她发现了小三。当然不是她自己。随着他的正式离婚，她小三的身份也消失了。她可以是他的女朋友，或者未婚妻，或者同居者，不管是什么，反正都不再是小三了。她终于摆脱了这个令她厌恶和屈辱的角色。他们都没有配偶，他们生活在一起，彼此相爱，和夫妻没什么两样。她怎么会是小三呢？

她在他的手机里发现了无比肉麻的对话。不止是一个女人。除了小三，还有小四、小五、小六、小小们。她们和他你来我往，热闹非凡。几百条短信，明白无误地告诉她，大康背着她，和各种女人搞得如火如荼,天昏地暗。而相比之下,她和他之间,则如老夫老妻一样的枯燥乏味了。这都是谁?是一个个什么样的女人?她们多大?高的多高,矮的多矮?漂亮的有多漂亮,丑的有多恶心?她们都很骚吗?是鸡还是她这样的良家妇女?天哪!他和她们,都是什么时候搞上的啊?

无数的问题,乱七八糟的问题,荒唐的问题,在千千的脑子里翻腾。它们成了她生活的全部。她变得就是为了这些问题而活着的。除了这些问题,其余的一切,都与她无关,都是她不感兴趣的。

甚至她自己的容貌,她的身体,都不再属于她。她所感知的世界,就是由这些乱糟糟的问题组成的。她知道自己是进入了一种非常危险的境地,不正常,很病态。这样下去,一定会毁了自己!她对自己的状况感到担忧和害怕,但是没办法,她控制不住自己,她就像驾驶着一辆失去制动的车,在高速路上飞驰。无法减速,没有刹车。她清楚,面前很快就会出现一些东西:其他车辆,或者意想不到的障碍。她将如何面对呢?她只有撞上去,没有别的选择。飞驰着撞上去,粉身碎骨。

小时候,她有过无数次自杀的念头。一点点的小事,只要不称心，她就会赌气，想到自杀。自杀的方法，在她的脑子里，也是五花八门，层出不穷。她甚至尝试过不呼吸，想要把自己憋死。当然不可能成功，很荒唐嘛。就没有一次真正实施过的。由于害怕，她没有一次敢于将自杀的冲动付诸行动。她只是想想而已。在想象中杀死自己，很凄惨，令自己悲伤和同情。这样的心理游戏，可以帮助她解脱，让不开心消失。同时，她也会想象自己的死，给别人造成了怎样的压力。那些促使她自杀的人，会因为她的死而自责，或被人谴责，背上沉重的心理包袱，痛苦后悔得生不如死。千千在这种想象中得到极大的满足。以死来惩罚别人，确实很过瘾。虽然从未化为现实。

　　这一次，她终于动手了。她喝了一大口威士忌，将整瓶安定片吞下了肚。胃里暖暖的，烧烧的。她躺下来，听到了窗子外湖水拍打堤岸的声音。

　　可是她在医院醒过来了。此后的一个星期里，她几乎未有一分钟合眼。睡够了！她睡了足足三天三夜，才在医院里醒来。现在，无论如何都不能让自己睡着，即使要闭上眼，都是吃力的。脑子里的纷乱和轰鸣，不仅没有潮退，反而更厉害了。都是谁？一个又一个，是什么样的女人？她们多大？高的多高，矮的多矮？漂亮的有多漂亮，丑的有多恶心？她们都很骚吗？是鸡还是良家妇女？

太多太多的问题，要大康来回答。他必须说清楚，一点都不能隐瞒。

可是她出院的第二天，他就不见了。

原本天天会回来的，即使再晚，哪怕后半夜，或者凌晨，他都会回到这座湖边的别墅。就像真正的夫妻一样。在带着腥气的湖风中，他们做爱，或者吵架。做爱的时候，她会说："我们天天做，好吗？"即使是吵架的时候，她也从来没有想过要离开他。可是现在，一个礼拜过去了，两个礼拜过去了，就是不见他回来。他去哪里出差了呢？一个多遥远的地方？那是一个什么鬼地方，无法知道它在东南还是西北。

打他所有的号码，都是关机。到所有他可能出现的地方去寻找，都不见他的踪影。去向每一个认识他的人打听，都说不知道。难道说，千千的生活里，从未出现过一个叫大康的男人吗？难道说，这座可以在二楼的房间看到广阔湖面的别墅，根本就是空中楼阁？

大康失踪之后，千千天天哭。她的眼泪一点黏性都没有，很容易地就一颗颗重重地跌落下来，在她衣裳上敲出叮咚叮咚的声音。

"你不要太伤心啊！"阿熙安慰她说。

"我不伤心，"她说，"大康一定会回来的，他明天就会回来的。他是我的，他一定会回来的！"

阿熙建议："要不到各个小区去贴寻人启事吧！我家汪汪就是这样找回来的。"

千千说："他又不是狗！"

阿熙说："那你别哭了！你为什么总是哭啊！"

千千说："我也不知道自己为什么哭。只是觉得，哭是一件很舒服的事情。"

阿熙说："你这个人有神经病的！"

家伟的书房里，到处摆放着沉香。他把这间屋子，称为品香室。墙上挂着一个匾额，上书"停云"二字，是寒山寺方丈性空法师的书法。"买这么多香，很多很多钱的！"听阿熙这么说，千千想："这个贱人，钱钱钱，看她那骚样！"

千千第一次闻到沉香的味道，内心涌起无限怪异的波涛。是欣喜，还是伤感？说不清，道不明。她在这奇异的香气里坐下来,随手取过一只铜制的长方形香熏盒。她拿在手上看了又看,说:"真漂亮!"

家伟说:"这是晚清的香熏,全手工的。你看它的盖,是拉丝工,是一点点锯出来锉出来的。这24朵梅花多漂亮!"他把香熏盒倒过来,对千千说,"你看,有'玉笋堂'的底款。"

他从湘妃竹的香筒里取出一支细细的香,折下一截。把香点燃,放进梅花香熏。

烟从镂花的盖子里轻盈地逸出。青烟的袅娜婉蜒,伴随着陌生而亲切的香气,让千千感到又一阵迷醉。

"好闻吗?"家伟轻轻地问。他的声音,有梦幻的色彩。

千千点了点头。她完全没有想到,世界上会有这么幽香迷人的烟。这香,既不是花香,又不是化学品的香。它超凡脱俗,能让人的心彻底地安静下来。

"贵吗?"千千问。

阿熙抢着回答:"超贵的!这么一小段要20块钱呢!"

家伟说:"这是一款越南红土沉,没她说的那么贵的,但香的品质确实不错。你闻,里面有清凉的骨架。闻出来了吗?"

千千真的闻到了凉凉的气味。

唯這隱約而靈巧器上無比
豐饒的空間對古善太
多太多的話題悠久的歷
史精緻的器物社會的信仰
或人事物詩書畫以及趣味
乃至生命在中國文化中善
盡其測幸特殊的一脈定輕
盈靈巧娜婷踮數千年不疲
如禮進逃為朝於時空中
趣雅神秘浮神性畫了立體
俳動神意在陰織之外更給
人加形於以深刻影響畫且
祝之音樂聞游到如此舞蹈

余以三國立漢代銅熏為

家伟说:"最好的沉香还是海南香。越南的沉香,已经被美国人污染了。美国人打越南,飞机到处喷洒落叶剂,目的是不让越南军队在树林里隐藏呀。越南的森林,都被污染了,所以越南沉香的品质受到了影响。"

"沉香真的放在水里会沉下去吗?"千千问。

阿熙又抢着答:"有的沉有的不沉。当然沉的好啦!"

家伟说:"也不一定的。一款沉香好不好,其实并不看它沉水还是不沉水,重要的是香气。沉香的珍贵,就在于它的香气。香气有浓淡之分,有雅俗之分。懂香的人,只要一闻到味道,就知道是好香差香了。棋楠的香味,就是不一样!"

"什么是棋楠?"

"棋楠是沉香中的极品。在古代它就是比黄金还贵的。不要说拥有一块棋楠,就是能够闻到它的香,也是缘分,是一生的幸运啊!"

那天,在"停云"香室,家伟还介绍说,沉香其实并不是一种树,它只是某一类树的伤疤。比方莞香树,它受了伤,它就会分泌大量的树脂去修复那个伤口。与此同时,空气中的微生物也来入侵。这个伤口经过了几十年甚至几百年,就结出了沉香。

千千心念一动。树的伤口，结出了沉香。那么人心上的伤口呢，它最后会结疤吗？会在漫长的岁月里凝结起奇异幽香吗？

家伟取过一块棋楠，放在摊开的白布上。它不过是一截黑乎乎的烂木头啊！貌不惊人，却内蕴奇香。鼻子凑近它，便能闻到一股清凉的药香，直沁心脾。咔嚓——家伟用打火机点燃了这块珍贵的棋楠。旋即又用手指弹灭火苗。一缕青烟，便妖媚地扭腰而起。顿时，香气仿佛有灵，直撞千千心门。她的身体不禁晃了晃，整个人像是要瞬间融化了。

家伟说："你平时在家里，点线香是可以的，但是，总是有烟。有烟就难免有烟火气。最好是古法熏香，熏出来的沉香味最纯正，不过太麻烦了。"

他建议："像你这样，用电子香炉最好了，又省事，又省钱。"

千千抱了一只电子香炉回家。家伟还卖给她一包磨得细细的沉香粉。他说："里面掺了些檀香粉的。纯的沉香粉太贵了，也太奢侈了！"

她便将电子香炉24小时开着，温度设定在中档。屋子里充满了幽雅清灵的香。

五代白釉寬沿高足豆式爐累美動勢

湖风的腥味,似乎再也闻不到了。还有其他种种让她不安和恐惧的气味,也闻不到了。只有这香,这清雅之香,高贵之香,让她感到愉快,感到平静,像是一种亲切的安慰,以及坚实的依靠。

"是真喜欢它的香呢,还是要用它来遮盖什么?"她问自己。

两个星期后,她一个人到家伟家去。

"可是我不喜欢电子香炉。它太像是一只电蚊香器了,看上去好丑!"她说。

"那我教你古法熏香吧。"

千千发现,家伟的手,很像是女人的手。它是白皙的,手指细而长,他好像还涂了透明的指甲油。看这双手压香灰、埋香碳,切割棋楠的碎屑,再用银制的香勺将沉香屑舀进云母片里——这一系列的动作,那么从容、细致而又利落,看着都是一种享受。

家伟突然将千千的一只手抓住了。

她没有抽走她的手。她只是冷漠地看着他。这冷漠,让家伟感到无趣,并且他在她的眼睛里,似乎发现了一缕凶光。他感到害怕。他自动松开了她的手。

他以无辜的眼神看着她,好像拉她的手,并非他的本意。他其实不想这么做。他这样做,冒犯了她,他感到非常内疚,同时也不无委屈。

"对不起!"他说。

他看上去像个小男孩一样纯真和干净。千千立刻在心里原谅了他。同时,她也感到了一丝失落和惆怅。

她向他买了一些壳料。还花两万块钱,匀了他收藏的一只蚰耳铜炉。这只炉子的底款是楷书的"大明宣德年制"。家伟说,它其实只是一只清代中期的炉子。"除了私款,绝大多数的炉子,都落宣德款。六字款最多。也有四个字'宣德年制'的,也有'宣德'二字的,还有一个字的,就一个'宣'字。字体呢,最多的是楷书,篆字少一些。清炉多,明代的炉子少。真正宣德本朝的铜炉,谁也不敢确定哪一只是。"

他另外还为千千配备了香灰和香碳,以及香箸、香铲、香勺之类的品香工具,一应俱全。

最后,他送了她一小片棋楠。他把棋楠放在一个塑料袋里,封上口。他对她说:"你闻闻,还能闻到香的。棋楠的香,是可以穿透塑料袋的。"

一炷香消火半冷半生身老心閒

余二月喜獲馬槽爐
委實心中不平
八穩仍樣
子敦厚重而
溫暖惜手
從未有機
會收到一
件惟一的一次
竟失之交臂

獸紋
瓦當
榮寶
齋製

她学会了古法熏香。

她用一块兽皮，将铜炉轻轻擦拭。经过漫长的岁月，铜炉的表面有一层被古玩行称为"包浆"的东西。经兽皮擦拭，它显得更加莹润可爱了。她用香铲压紧了香灰，将香灰压出了太阳光的纹样。香灰是从日本进口的，透气，又没有异味，这样可以保证沉香的香气纯正，不受干扰。炭团也是日本货，用打火机就能点燃。

她用香箸夹起点燃的炭团，将它小心地埋入铜炉的香灰之中。最后，用银制的探针在上面戳了一个小小的孔。

云母片压住了香灰上的小孔。舀几屑沉香，撒于云母片上。随着炉灰不断地升温，香气弥漫开来了。它仿佛一片轻云，擦拭着千千的心。把她心上的烦恼和沉重，都轻轻擦去了。它托起了她的身体，让她像香气一样飘浮到空中。香气就像一个宽大的怀抱，把她拥了进去。她没有了重量，没有了身体，也没有了灵魂，没有了一切。

香气让千千忘记了一切，也拥有了一切。她沉迷于熏香，不可自拔。一旦长久离开了这种香气，她就会莫名的烦躁。而只要一端起铜炉，只要沉香那暖暖的香气轻轻弥散，她就获得了安静。仿佛拥有了无边的快乐。

阿熙说:"你就像有了毒瘾了!不过,沉香可不比K粉便宜哦!"

"你吸K粉啊?"千千说。

"都半年了,你怎么不急呢?"阿熙问。

她指的是大康的失踪。是啊,时间过得真快,转眼就半年了。他杳无音讯。他到底去了哪里了呢?

"男人也不容易啊!"阿熙感叹道,"做生意挣钱,顺利的时候很风光,不顺了呢,跳楼的都有!"

见千千不悦,她赶紧说:"我没说大康啊。大康男子汉,不会跳楼的。即使跳楼,也得活见人死见尸啊!"

"我想睡了!"千千不愿再和她啰嗦。

阿熙继续说:"半年了,一点音讯都没有。他有给你打过电话吗?真的一点消息都没有吗?躲债他只管躲呀,可怎么也得悄悄告诉一声家里呀!"

"阿熙你别说了好不好!"

"千千你别伤心了!"

"我告诉过你了,我不伤心!"千千有点愤怒地说。

"真的吗?"阿熙说,"千千你说的是真的吗?"

阿熙很无耻地笑了，说："男人真的没好东西，不值得女人去珍惜的。"

见千千不吱声，阿熙又说："大康也不值得你珍惜的！"

千千的眼泪又一颗颗重重地滚落下来。

"其实他有很多女人的。"阿熙说。

"你怎么知道？"千千鄙夷地看着阿熙。

"他，他，"阿熙说，"他自己告诉我的。"

千千的心觉得很痛。那是一种被揪紧了的感觉。心被越揪越紧，最后它越来越重，越来越硬，变得像一块石头。"贱人！"她盯着阿熙那张性感而总是吐出谎言的嘴，骂了一句。

"骂谁啊？"阿熙有点疑惑。

千千取出铜炉，用兽皮轻轻擦拭它。它越来越油亮，显得异常可爱。炉底"大明宣德年制"六个楷书，大气沉稳，刀刻的痕迹历历在目，可它并非一只明代的炉子，只是后仿而已。那么它是假的吗？是真的吗？不能说它真啊，因为它确实不是宣德年所制。那么说它假可以吗？它也不是假的。它是一只真正的老炉子。清代的炉子，都是这样落款的。一百年，或者两百年，那时，是一个什么样的人将它置之书斋呢？是一双什么样的手，时常将它抚摸摩挲？这个人早已灰飞烟灭，炉子却安静地在世上存在着。当年，那个人一定不会想到吧，有朝一日，他心爱的炉子，会与一位美丽摩登的年轻女子朝夕相伴。今日我藏物，他日物归谁？看似人藏物，其实物藏人啊！

它虽然不是一只明炉，但它是一只非常好的清仿炉。它造型大气，炉体厚重。怪不得上个礼拜，家伟打电话给千千，吞吞吐吐了半天，是想要她把这只炉子还给他。"加点钱，可以吗？"他说。这一年来宣炉价格飙升，这只蚰耳炉价格已远不止二万。他当然后悔了，但对于千千来说，不是升值不升值的问题。她与这只炉子，已经成为亲密爱人。它是她生命中最重要的东西。它那敦朴的身形，它炉膛里飘出的奇异幽香，给她无穷的抚慰。

反过来，它就像她生命的一道伤口，一个努力要结痂的疤。她的生命，分分秒秒都在分泌一种东西，是芳香的思念呢还是腥味的仇恨？它要修复这个伤口，去包围它，去凝固它，为它结石，为它结晶。

棋楠的碎屑，隔着云母片，为血红色的碳团所熏烤。它高贵的香气轻盈地从炉中逸出。它幽灵一样在整幢别墅中弥漫。它祛除了一切异味：那窗外驮着月色的鱼腥味，还有阿熙身上的骚

是弦紋柳斗式竹節式代之樣的爐子亦少
有磁質的盆舊銅製不的雲頭如三而足般
左案頭紅潤靜穆

獸紋
瓦當
榮寶
齋製

北宋耀州窯竟沿五日此爐具形拙中有秀氣穩中見輕巧越五越有立思

味。当然,还有那令人不安的、污秽的腐尸的臭味——大康的尸体,在别墅的花园里掩埋了已达一年之久,它都腐烂成什么样子了呢?他的生殖器,被千千装在一只青花瓷罐中,浸泡在福尔马林溶液里。"你是我的!我爱你!"当初千千把它剪下来放进瓷罐时,咬着牙这么说。感谢沉香,它的奇异的香气,给人以美好的感受。它遮蔽了一切污秽之气。它是生命里凄美的香,它是伤口一百年都在努力要愈合所分泌出的伤心和顽强。它是腐败而坚硬的结晶。它的香烟袅袅而起,仿佛魔鬼的舞蹈。

他日物歸誰

阿立买的第一件东西，就吃药了。也就是被骗了。骗子不是别人，正是他的师父。师父说："不要以为只有和田白玉才珍贵，羊脂白，那是不错的，白得油润细腻纯净无瑕。玉有五德，君子无故玉不去身，但是你阿晓得，真正珍稀高贵的，却是黄玉。白玉虽好，终是多见。黄玉呢，你见过吗？少之又少。不仅如此，还因为黄是皇帝之色，只有宫廷才可用。老百姓用，就像偷偷穿龙袍，那是要杀头的！"师父做了个杀头的动作，手掌在他自己的脖子里抹了一下，在阿立看来十分夸张可笑。

就这样阿立拥有了他人生的经一件藏品：清代黄玉手镯一枚。他逢人便拿出来，指点给人看。你看，这是黄玉！

不黄呀！倒是绿荧荧的，不会是绿玉吧？

阿立你弄了块绿玉，当然戴绿帽子哦！——有人如此调侃他。

阿立未加理会，只是说：这你就不懂了！真正的黄玉，并不见得就是黄的，那么黄，是金子了不是！开门的黄玉，就是绿中泛黄。就像新剥出来的白果肉一样。白果，你见没见过？应该见过吧？对，就是银杏！

一千块，对上世纪九十年代初的工薪阶层来说，当然不是小钱。阿立把所有的私房钱拿出来，还欠师父两百多块钱。虽然玩古的人，人人都做梦也想捡漏，想吃仙丹，但是便宜没好货，好货不便宜，这个道理，阿立想得特别明白。师父毕竟是师父，他会漏给你？他让东西给你，最多是友情价，想捡他的漏，那也只能是做梦。

江浙一带很多男人都藏私房钱。出门身上没有一点钱，总是不方便。即使是并不怕老婆的，花自己的钱，可以无所顾忌地支配，总是觉得比较爽。更何况阿立这种怕老婆的男人！有一种女人，总是担心男人会把钱花到别的女人身上去，因此掐住了钱，也就是掐住了男人的小鸡鸡。

像阿立这样的男人，其实是大可以放心的。他既不英俊潇洒，也不风流倜傥。更没钱没地位，谁会看上他这样的人呢？了解阿立的人都知道，他纵有再多的钱，也是不会乱花一分的。他的消费理念，完全与收藏结合在一起。买任何东西，都要想到收藏。也就是说，任何商品的价格，他都要以古玩比对，例如家里电视机过于老旧了，要换一台大彩电。他在商店里看着彩电愣愣地想，要是不买这电视机，就可以把师父那儿的一面汉代铜镜匀过来了！

有次几个哥们酒后去歌厅消遣，每人安排了一个小姐，坐在一边陪唱陪喝。阿立不想花那小费，自小姐在他身旁坐下，就坚持不碰她一下。他死板地坐着，像个正人君子。小姐挽他的手臂，他亦将她推开。小姐点了对唱，他都坚称不会，自顾点了两首红歌，鬼吼一通。小姐被冷落得郁闷，差点哭了。要是多碰上几个这样的客人，她还怎么在江湖上混呀！"姑娘姑娘莫悲伤，来投入我温暖的怀抱吧！"一个哥们一把将阿立的小姐揽去，左拥右抱，放肆调笑。这边的阿立才放下心来。

他并非厌恶女色，更不是他们说的性取向有问题。他是舍不得那两百块台费。两百，运气好的话，可以淘到一只晚清民国的铜香熏盒了！这样一搂一抱，快活固然快活，但香熏盒没了！快活是个什么东西？它是个转瞬即逝的东西！像彩虹，如泡影，仿佛春梦。而香熏盒却不一样了，它镂空的盖，小巧精致的身影，它深沉的铜色，温润的包浆，实在是令人赏心悦目的。它是经历了人世沧桑的旧物，曾经有人，也许不止是一个人，与它朝夕相伴。那镶着紫铜的手工雕花盖子里，轻柔飘出的香烟，曾给人以多少心灵的享受和安抚？时光流逝，曾经拥有它的人，而今又在何方？人生苦短，只有物才是永恒的。几小时的依红偎翠软玉温

电熨斗俗名拉大锯,噢噢飲飯而巳,他叫又名八仙打麻将,也是很不宜贤巳窑

香，很快就无影踪了。而一枚雅致的铜香熏盒，却依然可以安置于案头，与君相伴晨昏，向你无言地叙述它或平淡或不凡的过往。只要你的生命还在，只要你不将它易手于人，它便与你不离不弃，相守如一。

到了结账的时候，阿立死活不肯付小姐台费。理由很简单，因为他并没消费。接管了该小姐的哥们，当然也是坚决不付这额外的两百块。阿立涨红了脸："是你消费的，当然要你付！"

"我消费？"哥们说，"我是帮你忙，才叫她坐到我身边的。我有一个妹妹了，看你的妹妹被冷落，我怕她太没面子了才英雄救美的！"

"你自己打了双飞，却要我替你埋单，世上没有这样的冤大头的！"

"阿立你嘴干净点！我怎么打双飞了？你选了人家，却对人家不理不睬，你是一点道德都没有！既然不需要，就不该把人留下！"

"是你们叫进来的，我又不要！你们说这个好这个好，要我留下，我也没说要！"

"阿立你耍赖是不是？人是你的，你不理不睬，把人家晾在那里难堪。我只是废物利用,台费肯定还是你付,各付各的。这种风流债,旁人不能替你付的!"

僵持不下之际,小姐真的哭了。妈咪来了,身后站两个男人,一个光头,一个板寸。臂上都刺青。在这样的氛围下,协商结果很快就出来了:阿立的台费,由他和那哥们各付一半。

在确定师父惠让的黄玉镯子并非和田黄玉,而是出于北方的岫岩玉后,阿立的心,几乎是破碎了。他听到了自己的心开裂的声音。他找到师父,希望退款。师父却对他说了两点。一,东西肯定对的。和田黄玉实在稀珍,能有幸亲见的人少之又少。所以说假的人,一定是外行!把假东西认作是真的,当然是外行。而将真东西看假的,那就是外行中的外行了。是大外行,是大蠢货、大傻逼!师父的眼里,露出了凶光。他说的第二点是:即使退一万步讲,这件东西果真像你说的那样不是黄玉,这也不能怪任何人,只能怪你自己!古玩行从古到今都是这样的,凭眼力吃饭。什么样的眼睛,看到什么样的东西。东西自己会说话,就看你听不听得懂。买对了,捡了漏,你偷偷高兴,也不会想到来贴补我,再给我一点钱。而发现买错了呢,却不怪自己,却来找我退钱。天下有这样的好事?所有的便宜都让你一个人占了吗?

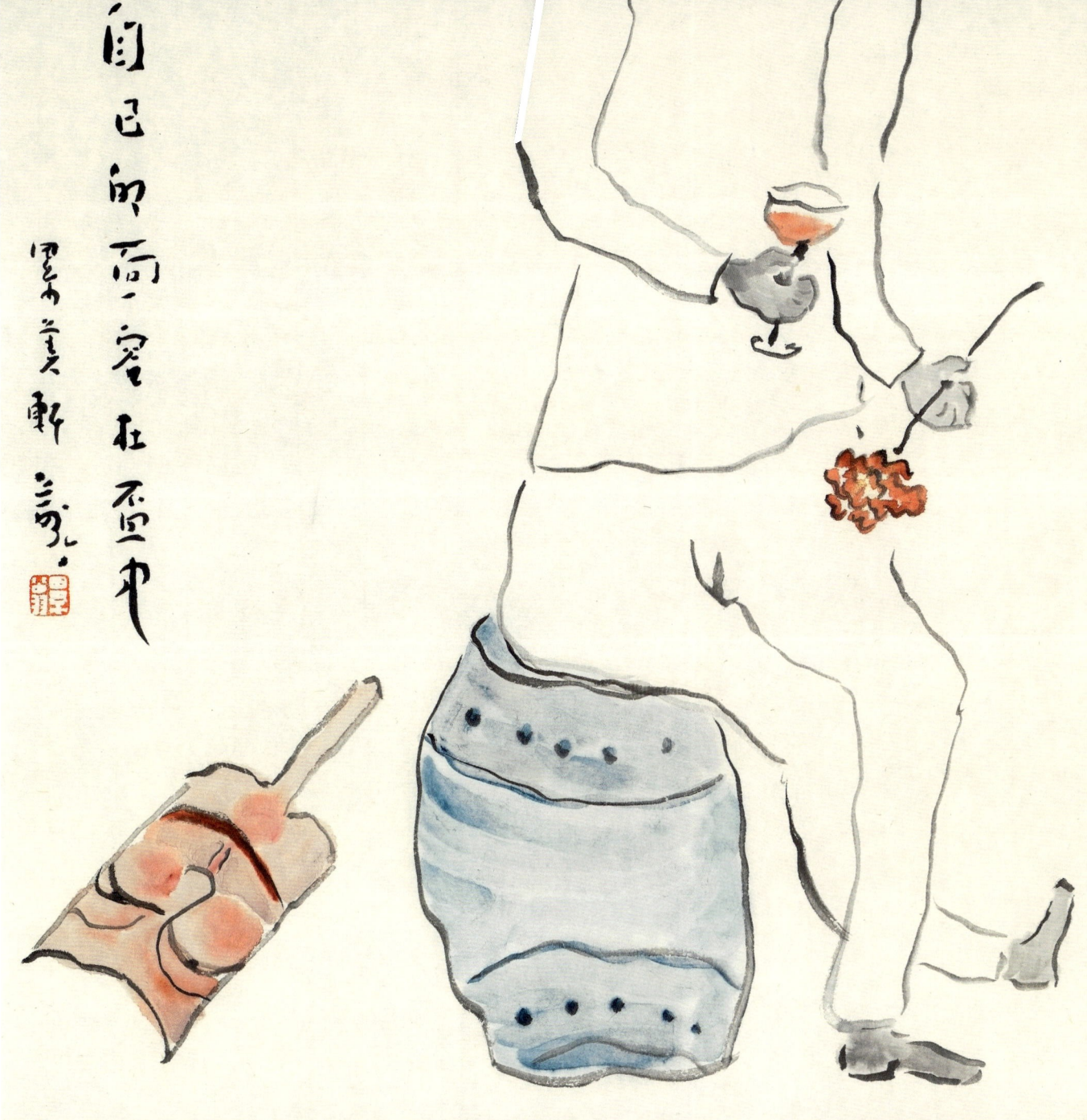

阿立咬着牙，把当时只值二十块的镯子藏了起来。他的心在滴血。什么是教训？这就是血的教训！什么叫交学费？这就是昂贵的学费！他决定，这只镯子，他会永远保存，即使它一文不值，也不会将它扔掉。它是一个见证，告诉他人情是什么，告诉他眼力有多重要。告诉他古玩这一行，除了知识和经验，断事识人也许更重要。告诉他，在任何时候任何地方，都不可相信任何人和任何美好的话语！只有让东西自己说话。而要听懂物的语言，就要靠自己多看多听多想多读书多学习，并且与狼共舞。

好在不管妻子如何大发雌威，阿立都没有交代出藏私房钱的犯罪事实。他只是说正好单位被评为精神文明标兵，发到了一笔奖金，没有上缴，便买了这只镯子。几乎痛哭流涕，保证下不为例。

"你还敢下有为例？你又不来例假！"妻子与他约法三章，如果以后再跟师父交往，再把废铜烂铁拖进家门，唯有死路一条。

玩古这件事，就像抽鸦片。一旦沾上了，就会上瘾，很难收手。虽然阿立出师不利，第一次出手就差点儿呛死，却全无激流勇退之意，反而暗暗立志，发奋图强，吃一垫长一智，好男儿从哪里跌倒就从哪里爬起来。此后虽也免不了吃药，但确乎是越学越精了。说什么话，他一句就能听出是什么人。东西好不好，东西对不对，毋需多看，一轧苗头心里就清清楚楚了。只是苦于囊中羞涩，见的好东西太多，却没有实力来拥有，不免常常唉声叹气。

俗话说，识古不穷。像阿立这样在米厂工作，拿着一份死工资的人，十多年来节衣缩食，连一二十元的浴资都悄悄省下来。大冬天谎称是去浴场泡个澡，其实是把妻子那里申请到的浴资纳入小金库了。妻子觉得奇怪，男人并不是一个爱清洁的人，频频要去泡澡，难道是和许多臭男人一样，醉翁之意不在浴，而是去享受泰式按摩，甚至是特殊服务了？

为了买东西，阿立真的卖过血。第一次卖血，他有点紧张。当他拿了钱，两腿软软的，轻飘飘地走回家的时候，他差一点就哭出来了！心里有一股热乎乎的东西，在往上涌往上涌。好像是委屈，又仿佛是悲伤。阿立啊阿立，他叫着自己的名字，你这是何苦呢！你是怎么落到这一步的呢？

玩古收藏这件事，说风雅高尚一点，是走进历史玩味文化悦性怡情，但是换个角度看，其实最根本的，还是为了满足占有欲。是人类贪婪的天性在作祟。尤其是到了今天，此风极盛，比历史上宋代和民国两个收藏高潮有过之而无不及。据说当今是有近八千万人在搞收藏。这八千万人中，有几个是真正热爱传统文化的？熙熙攘攘，皆为利往。满世界都是蝇营狗苟之徒，制假贩假，坑蒙拐骗，监守自盗，明修栈道暗度陈仓。放眼望去，乌烟瘴气，一片混乱！在这一行里，谁的话都不可信，只能信自己。兄弟一起去盗墓，最后那根将人拉出坟墓的绳子，常常会被上面的人一刀砍断。"兄弟对不起，拜拜了！你就在古墓里好好待着吧。遇上个漂亮点的古墓女僵尸，永远相守，就是你的福气了！"连父子一起盗墓，儿子都会割断绳索扬长而去呢。

阿立有时候也感到迷失，但是只要从此金盆洗手的念头一起，他便心生恐惧。好像只有醉心于此，让自己对古物永无休止永不餍足的追逐，才觉得内心踏实，才觉得不枉此生。

没钱怎么办？阿立这时候最能理解为什么世界上有那么多女子愿意卖身了。金钱物质的诱惑，简直就是我们生存的勇气和希望。为了钱，什么都可以做，什么都可以卖。身体发肤，受之于父母，母亲只生了我的身，但只有金钱的光辉才能照我心。所以我的身体我作主，可以用它来换钱，何乐而不为呢？阿立恨自己不是个女儿身！若是他年轻，并且是个姑娘，那他一定会义无反顾地挺胸走进夜总会。

十多年的血雨腥风吹打，阿立的经验、阅历总是今非昔比了。大开门的东西，拿得动的一件件拿下来。当然吃药还是常常有，道高一尺魔高一丈嘛。因此老鸦筑窠般一件件东西，仍然是有真有假，真假参半。古玩价格的暴涨，是近几年的事。涨势汹涌，一下子就冲进了亿元时代。以前几百元的东西，现在就是几千、几万。以前谁都不要的东西，现在也都成了宝贝。阿立入行早，那时候东西多便宜呀！便宜的时候却不是人人都买东西的。人们总是买涨不买跌，能看到未来的就是佛眼通了。要是能回到过去，银元大头五元一枚，官窑瓷器八元一对，黄花梨圈椅两百元四把，谁不买呀！但那时候买的就是少数人。八千万人中的绝大多数，甚至还同情嘲笑阿立这样当时买东西的人呢！

阿立似乎越来越知道，什么样的东西才真正是好的，是有收藏价值和升值空间的，而不仅仅是觉得好看和喜欢。有些人，对于买东西，总爱说，喜欢就好。其实这句话，只是安慰别人了。喜欢的，你以为漂亮的，不一定好。好的概念，在古玩上，就是要材质好，工艺好，年份好，题材好，以及稀缺性。你以为好，

菖蒲好石卻難兼養須陰養濕搭地氣方綠油可觀

而别人，特别是大多数人并不认为好，那就不是真好。只有真好的东西，才值得收藏，买进来才有意义。这种古玩经，反正要细细道来，那绝对是三天三夜说不完的。总结起来，阿立有几句口诀，那是他自己的金科玉律：一要遇得到，二要看得懂，三要买得起，四要卖得掉。前三条都没有太大的问题，遇不到自然无从说起，说也是白说。看得懂才买，这一点对经历过市场地狱般历练的人来说，是必须牢记并经常提醒自己的。许多人都会在这上头吃亏。看到某件东西不错，其实对它并无太多的了解和研究，只是想当然以为吃到了仙丹，其实一定会吃药的。至于买得起，也是一句废话。买不起谁买？拿什么买？最后一句话，才是玩古的要义，是没走过千山万水所不能领悟的，也是一位成熟的、成功的收藏家所必须具备的素质。东西卖不掉，就说明它不好。不好的东西要买进来，当然就是犯错误。当然，卖不掉有两种情况，东西不好是其一。其二，是你买入的时候价太高了。你出到了十年，甚至二十年以后的价格。这样的东西，要想出手就难了。作为一名古玩收藏家，你收藏的目的再纯正，也就是说，你完全不为赢利，只是因为喜欢，只是为古物的精美工艺和沧桑气息而着迷，你也不可能始终"只进不出"。只买进而从不卖出，首先的问题是，你永远无法知道自己的东西是不是好，买得对不对，是不是真正有价值，你无法知道。听别人说好，或者对照书上，得出国宝的结论，一厢情愿地以为它价值连城，这是非常幼稚可笑的。好不好，值不值，必须通过市场来检验。你的东西有人要，那就是好。有很多人要，那就是很好。有许多人追着要，出再多钱也要，那就是非同一般的好！如果谁都不要，跳楼价甩卖也没人要，那肯定是不好。而你自己若是还觉得好，那就是自欺欺人了。如果还继续买进这样的东西，那就是与人民币有仇，不可救药了。除了市场检验，资金也是个问题。你买得起一件，可能买不起十件。买得起十万元百万元级别的，千万元、上亿的就未必买得起。在收藏界，钱从来就是个问题。是大问题！谁都不敢在拍卖会上号称自己有钱。再多的钱，都是沧海一粟。皇帝老儿的一方小小白玉印章，一个多亿落槌。而世上有多少好玩的稀世珍宝啊，你又有多少个一亿去争抢与占有？大千世界，又有几人能拿得出一个亿？即使你有一个亿，你买了白玉玺之后，也只能一辈子守着它玩吧。当别的宝贝出现在你面前的时候，你就只能干瞪眼了。因此所有的收藏家，都是既买进又卖出的。所谓"以藏养藏"是也。你只有善于卖掉东西，才可能有钱来继续买

東風无色一事裝出萬重者閒
邊光影性有同鉤斜

乙未寒露霄罣寫

进东西。把低等级的东西卖掉,买入更好的,藏品才能升级,才会越来越有档次,而在这买入卖出之中,提高了自己的眼力和鉴赏水平,同时更多地享受美物宝器带来的快乐。

和别的收藏者不同的是,阿立倒腾这些东西,始终处于地下的状态。他从来不敢将"废铜烂铁"堂而皇之带回家。更别说与家人分享淘到宝物的喜悦和捡漏的狂喜了。他的藏品,大多塞在不为人知的角落。只有妻子不在家的时候,才敢拿出来把玩欣赏,用放大镜左看右看。这时候的阿立,沉浸在偷来的快乐中,仿佛真是背着老婆在与别的女人偷情一样。

站到他妻子的立场上来看问题,我们也许会对她有更多的理解。跟了阿立这么多年,她其实是非常憋屈的。阿立迷恋古玩,整天脑子里想的都是那些"废铜烂铁"。要跟他说说话,也总是一副心不在焉的样子。他的魂早就丢了!难得一道出去旅游,一到目的地,他就会以各种各样的借口溜号。她当然知道,他又是奔古玩市场去了。只要一说到古玩,他就双目放光,人才算活过来了。而平时,就是一副没精打采的样子,病怏怏的。跟这样的人在一起过日子,你说能开心吗?

更让她感到委屈的是,结婚这么多年了,他们还住在这样的破房子里。别的人家，拥有好几套房子也不稀奇呀！车也没有。虽然她也考到了驾照，但始终是个本本族，哪有钱买车呀！三口之家，除了日常开销，所剩无几了。她一直是骑一辆电瓶车上班下班。女儿上初中后，见别的孩子都有汽车接送，就让妈妈别再骑电瓶车送她上学了。"我自己走回家好了！"她倔强地对妈妈说。当妈妈的，这时候心里真是五味杂陈啊！孩子这么要面子，宁可走路一小时，也不要电瓶车接送。她伤心啊！为女儿，也为自己！她哭得稀里哗啦，心都碎了！

　　她其实不是一个凶狠的女人。她反对男人搞收藏，是不愿意他走火入魔。本来就没几个钱，还要往水里扔，你说哪个当妻子的会坐视不管？人们总说，好的女人不拿自己的男人与人比。人比人，气煞人。好丈夫是天生的，不是比出来的。嫁到好男人，凭的是运气，是你前世修来的福。男人没出息，比也没有用。"你看看人家！"女人最不该说的，就是这样的话。男人最听不得的，也是这样的话。他没出息，你这样说了，他就有出息了吗？这跟在床上是一样的。他不行，你还就不能说他不行。你一说，他就更不行了。好女人应该懂得，男人是需要鼓励的。只有多看到他的优点，婚姻才能维持下去。阿立的妻子，这上头做得不错的,她总是想,阿立这个人,穷一点,无能一点,但人品好。现在的男人,有几个是愿意在家里好好待着的?阿立不抽烟不吃酒,更不玩女人,没钱有时候倒也是优点呢!男人有了钱,会安稳吗?在外面养了小三小四,婚姻还有什么意义呢?

所以她在男人面前,从来都不流露出她对有钱人家的羡慕。女儿爱面子,宁可走一个小时的路去上学也不要她骑电瓶车送,这事儿她都不对阿立说,生怕刺痛了男人的心。她没有过分的要求,并不指望男人事业有成、发大财,只要安分守己过日子就是了。经济窘困的苦楚,她常常只是压在心底。她反对的是他买古玩,她不相信这些东西能赚钱。他有时候对她说,哪件值多少,哪件可以换一套房子,不仅没能让她高兴,反倒叫她十分担忧。她当然有理由担心,他的神经是不是出问题了?他如此着迷,辛辛苦苦挣来的工资,是不断地往那个无底洞里扔啊!

女儿初中毕业时,阿立买了一只苹果手机给她。妻子惊诧得跳起来:"不想过日子啦?哪来那么多钱?买这么贵的东西,也不跟我商量一下!学生哪里需要这么贵重的东西呀!"

以前买进卖出,断断续续赚到的钱,阿立都藏匿着不让妻子知道。两年前,阿立答应女儿,要为她买一只手机。这次刚好出掉一件东西，赚了一万块钱，心里实在高兴，就大大地出手阔绰了一下。

　　一只竹刻笔筒，多年前阿立在苏州文庙花五百块钱买的。刻的是竹林七贤。虽然雕工不是太好，但竹色红润，包浆老到，至少是清中期以上旧物。竹刻这一路东西，在古玩中颇有些特殊。它的材质不贵，竹子野贱，山野屋角，到处都是，但是，一件好的竹刻文房，其价格毫不逊色于贵重木质和珍稀宝石。因为明清时期的竹刻文房用品，如笔筒、臂搁、墨床、扇骨等物，因是文人所刻所用，充满了文化内涵和雅致的文人气息，所以在古玩收藏界受到特别的重视。阿立的妻子先是不相信一只竹头笔筒能够卖到一万元。"就是那个竹筒筒吗？我一直以为是插筷子的。"在她看来，当年阿立花五百元买下，已经是傻瓜之举。而居然有人出一万元买去，这个人的神经，一定是出问题了！

　　阿立告诉她，有一只笔筒，也是竹子的，是那时候一个叫顾珏的人刻的。顾珏也是苏州人。他刻的一只笔筒，在香港的某个拍卖会上，是一千多万元成交的。不是一千元，也不是一万元，而是一千多万元！

　　妻子听他这么说，呆呆地说不出话来。后来她突然哭了。

何事长风打檩杉间吹落山北復山南寫此篇

阿立以为她是还在为苹果手机心痛吧！她是节俭惯了的人，从来舍不得大手大脚花钱的。家里的抽水马桶，轻易是不抽的。用了之后，把盖头盖上，等洗菜、揩面、拖地用下来的水，冲进马桶里。家里虽然有一只蹩脚空调，其实很少开的。只有特别热的那几天，才三个人挤在一个房间里，开那么几小时。每到半夜，她是一定要悄悄爬起来，把空调关掉。凡是开空调的日子，阿立都是后半夜热醒来的。这样的家庭经济，居然买了一只苹果手机，简直是拆人家了，不想好好过日子了！

其实，在女儿身上，阿立一直都没有少花钱。虽然家里条件差，但因为倒腾些古玩，真真假假，手上总是有点钱的。他经常偷偷塞些小铜钿给女儿。女儿不要电瓶车接送，阿立其实是知道的。他也觉得愧疚，对不起女儿。他对她说："等爸爸赚到了大钱，就买车。要买奔驰和宝马，或者兰博基尼和法拉利。蹩脚车咱们是不要的！"他给了女儿一些钱，让她觉得累了就坐出租车上下学。当然，这些妻子是不知道的。在养育子女上，阿立是坚决信奉"穷养儿子富养女"的原则的。小子苦一点，长大了才知道奋斗。而女儿，如果从小到大什么都没有，她就会特别贱，特别向往物质，特别容易受诱惑。一点点的东西，都可能把她骗了。

阿立没想到的是，妻子哭得一塌糊涂，原来是舍不得他把笔筒卖掉。人家卖了一千多万，而你一万就卖掉了，你也太不把人民币当钱了吧！要是我们有了一千万，就什么都有了。两百万买套别墅，三十万买辆车，装修房子五十万，还有七百多万，给你爷娘三十万，给我爷娘三十万，给我弟弟家三十万。还余下六百多万呢，我也不用上班了，我就在家里烧饭，炒炒股票，再开一家淘宝店。现在倒好，一万就被你卖掉了！买了一只手机，一万也没了！呜呜——

阿立笑了起来。并不是所有的竹笔筒都值一千多万的！那跟画儿是一样的道理。张大千齐白石画的，至少也要几百万。精品则卖到一个亿。但要是女儿学校里的美术老师画的，十块钱也没人要的。竹刻笔筒，要刻得好，名家刻的，才值钱。我的这只，卖到一万块，已经很不错啦！

这几年的收藏市场，一天比一天火爆。央视等媒体，什么"寻宝"、"鉴宝"、"一锤定音"等节目推波助澜。拍卖会上不断刷新的价格纪录，让人们疯了。阿立一万元出掉的那只清代竹林七贤竹雕笔筒，半年之后，人家三万八千元卖掉了。

阿立妻子哭哭讲讲，哀声叹气了一夜。她要阿立保证，以后

此余自己成無用之物而昔日研墨
淺水此物不一少也 齊已翁

一件东西都不能卖掉了。半年就损失了两万八！要是它以后涨到十万、一百万、一千万，你怎么办？

她开始动手了，把找得到的东西，一律放到大衣柜里锁了起来。连阿立要看这些东西，都得向她申请。在她同意之后，方才打开柜门，拿出一件，看好放回去，再取出一件。

朋友之间互相欣赏彼此藏品，交流看法，乃至买卖，这太正常了，是常态。每当有朋友到家里来，阿立都会有些尴尬。妻子心里不高兴，难免会形诸于色。朋友进门就叫嫂子，嫂子的目光，却满是不信任。朋友说："我是来向阿立大哥学习的。"嫂子就冷冷地说："我看你比他要懂得多！"言语之间，颇有防着阿立被骗走东西的意思。

某日来的一个朋友，不仅嘴甜，而且还带来很多东西给嫂子。他居然还掏出一个玉挂件送给嫂子。玉虽不太，但很白很润，很是可爱。嫂子心情大好，不仅沏了好茶，还端出水果招待客人。警惕性当然也放松了。当客人提出要看点东西的时候，她犹豫了一下，最后还是同意了。

客人看中了一只手炉。炉为铜制，小小的，实际是一只袖炉。与普通手炉不同的是，它体量小，制作精，而且没有提把。

袖炉的品级，当然要比一般的手炉高。阿立妻子小时候，脚炉见得很多。虽然现在有些古玩店，也有脚炉卖，但价钱很低，两三百块就能买到一只品相不错的了。但手炉不一样，哪怕是民国货，白铜也好黄铜也好，最差的也要上千元。上品的，就没法说了。几千、几万都有。那袖炉呢，就更少更珍贵了。尤其是有"张鸣岐制"字样底款的，虽说并不见得真是名噪一时的明代制炉名匠亲制，许多时候也只是一个寄托款，但在铜炉收藏中，有款还是无款，并非无足轻重。只要不是今天补的后刻款。

客人对这只袖炉爱不释手。他吞吞吐吐半天，终于提出求让。嫂子当然一口回绝了。客人又求大哥。阿立说，这还是要看你嫂子，她说让就让。

阿立虽然见多识广，对手炉这类东西，还是有些轻视。他比较看重的是宣炉，也就是通常有底款"大明宣德年制"的铜香炉。客人既然喜欢，只要出价可以，就让。但是，当着妻子的面，也不好多说什么。

不管嫂子态度有多坚决，客人始终拿着袖炉不松手。软磨硬泡，最后喊出五万这个价，把嫂子着实吓了一跳。

经过了太多的历练，阿立当然老成，只在内心暗暗叫好，默

此硯欽許於唇口寶覆平
底寒雲霽靄釉邑三春青下益
瀠倩水可洗一毫如
墨無紗
藏

默希望妻子点头同意，做成这桩买卖。

妻子几乎被五万这个价吓呆了。在她看来，这件东西最多只值几百块钱。能卖到一千，已经是了不得了。五万？真要怀疑自己是不是听错了，或者就是在做梦。

她不知道该怎么办了。看看男人，他面无表情，一副与己无关的样子。她有点恨他。在她茫然失措的时候，她希望他能有主张。"你说吧！"她明显开始动摇了。五万元的诱惑太大了。她让他说，如果他说一个"行"字，哪怕只是点点头，这笔交易也就成功了。但他不说。他把皮球踢还给她："还是你看着办吧！"

她的内心十分纠结。同意吧，怕吃亏。不同意吧，坐失良机怎么办？不能眼看着到手的五万元又飞走呀！她一年的收入，都没这么多的。五万，能买多少东西呀！如果一念之差，五万转瞬飞走，那她一定会悔青肠子的。可是，如果它不止五万呢？就像那只竹笔筒，一万卖掉，半年不到，人家就卖了三万。这不同样要令人抱憾终生吗？

卖的声音，终于在她内心占了上风。她一向有点看不起丈夫，现在却觉得有他在身边，自己是可以依靠的。他再笨，也是见得多接触得多的。如果他认为五万是便宜了，他是一定不会同易成交的。他不反对，就表明这买卖可以做。至少是不会太吃亏的。

她是个有点心计的女人。在决定卖掉之后，为了达到利益最大化，她又抬了一把价："六万吧！"她说。她是这样打算的：她说了六万，对方必定坚持五万。她就坚持六万。这样僵持一阵，也许各让一步，最终以五万五成交。或者最后他答应五万二，她也感到满足了。

客人没还价，爽快地同意了。他好像是有备而来，立马从包里掏出六刀人民币。

客人看来算是没有把阿立家当外人。在古玩行里，交易总是要讨价还价的。即使你觉得再便宜，也还是要最后还一下价，才能把东西拿走。如果你一副志在必得的样子，或者是让对方觉得你是捡到漏了，那么他必定反悔，这买卖就做不成了。接下来你说什么都没用了。你再加多少钱，人家也不会卖给你了。

嫂子的脸色变了。面对放在眼前的一堆钱，她非但没有高兴，反而有了一种被骗的感觉。她恨自己贱，好像从来没见过钱似的。六万元就能发家致富，荣登福布斯富豪榜了吗？除了恨自

若翔白兎紋瓦
二右當
血加㸚㔻製笑
榮寶齋

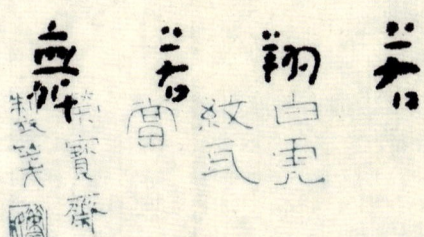

己,她还恨男人:你还算个狗屁搞古董的!人家在你眼皮底下捡漏,你屁都不放一个!不会你们这是联手来骗我的吧?把好东西从我这儿骗走,你再到他那里拿回扣。你串通着外人设局做戏,连档模子来骗自己的老婆,你还是不是个人啊!

嫂子翻脸不认账。她不管什么江湖规矩不规矩,反正她也不是江湖中人。"六万块钱你拿回去吧,炉子不卖了!"

她一副断然决绝的样子,其实是强装出来的。毕竟这样做,总是不地道。不论江湖规矩,单从起码的为人之道来讲,也属于出尔反尔背信弃义。她的心里,其实是一点底气都没有的。

出乎她意料的是,对方完全不以为怪。他只是轻松一笑,就把钱收回去了。"没关系,没关系,既然嫂子舍不得,那就先自己留着吧!见面就是缘,好东西上手即拥有。谢谢嫂子拿出来分享!"

阿立妻子再一次愣了。谁想到会是这样的结局呢?这只袖炉,当初阿立从别人手上拿来,出了一千块都不到。现在可以六万元出掉,这是多好的买卖呀!但是,煮熟的鸭子竟然在自己手里飞掉了!

茶几上空空如也。而刚才,一分钟前,上面还是堆放着六刀百元人民币的。它们整齐、庄重、富丽、沉着。它们是属于她的。它们油墨的香气，犹在屋子里弥漫。这种钞票特有的气味，是胜过任何花香的。如果它们此刻重新出现，再一次从客人的包里翩然而出，她是一定会为那独特的香气而深深陶醉。

求助的目光投向男人，阿立却仍然一副局外人的模样。自始至终，他都只是一个看客。不，连旁观者都算不上的。因为他看上去一点兴趣都没有，蔫蔫地坐在一旁，死猪一样。

她真的想哭出来。想放声大哭！六万元，转瞬就不见了。她活到今天，见过六万元吗？六刀堆放在一起，有说不出的雄壮与巍峨！关键的，它们是她的，属于她的，全都属于她！可是，只是在转瞬间，它们就没了。被命运的魔术师吹了一口气，就吹没了。

她强忍住，才没让自己的眼泪流下来。客人走了很久很久了，她还呆呆地坐在沙发上。

经过了辗转反侧生不如死的几个日日夜夜，她终于决定，要让男人去反过来求人，将那桩买卖重新做起来。

在古玩交易中，欲擒故纵也是最常见的一种手段。老江湖总是特别能沉得住气。如明明是捡漏了，却还要做出一副吃了大亏

誰知盤中物　點點皆心眼　累黍乃成

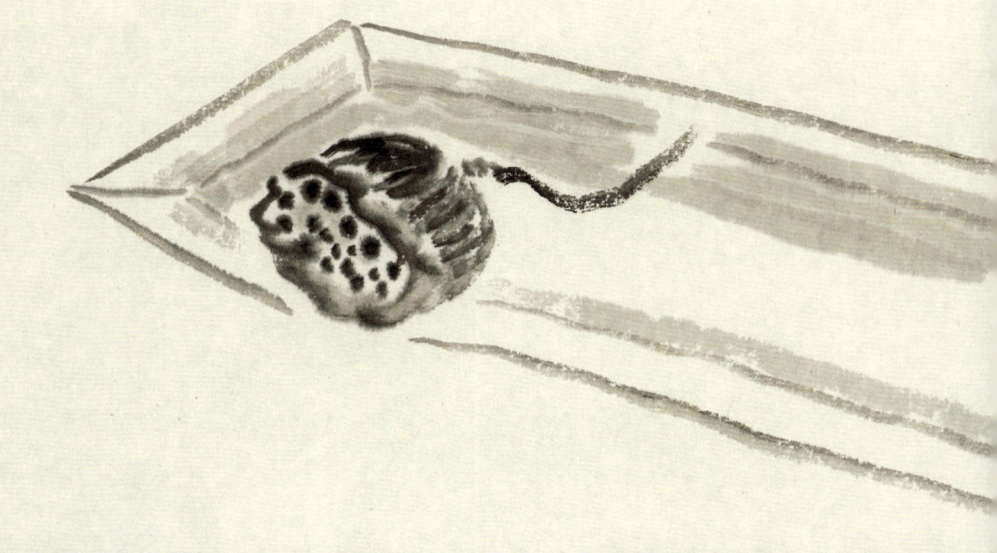

的样子。数钱的时候表情痛不欲生，还忘不了最后再砍一下价。这样做，自己高兴，卖家也高兴。而有些东西，你要是急于到手，反而有可能买不成。至少也会多花不少钱。要相信物与人，也讲究一个缘字。是你的，终究还是你的。错过了这一次，下次竟还能神奇地再出现。不是你的，强求不得。即使到了手，也还可能飞走。有了这样的心态，便能克敌制胜，以最合适的价格，买到好东西。

阿立妻子因为舍不得那六万元，决定要主动出击，再续前缘。她就完全处于劣势，受制于人了。

结果可想而知，输得很惨。对方说，他对袖炉并无研究，也没太大兴趣。只是那天在阿立家，看它小巧，而且盖子镂空图案挺好看，所以想买回家当个熏炉，点点沉香，净化室内空气，如此而已。既然嫂子惜售，他也就君子不夺人所爱了。而现在，嫂子又想将它见让，我自然还是要的。但因为前天遇见一样心仪的东西，起了贪念，掏钱买下，因此手头又不太宽裕了。嫂子要让，那就三万块给我吧。否则的话，嫂子还是自己留着玩吧！像这样精美的小东西，市场上也不多见，以后肯定有升值空间的。

褒贬是买家。人家只有不想要你的东西了，才会夸你的东西好。对方放过这样的话来,嫂子的防线被彻底击垮了。可是三万?比当初少了一半呀!她又怎么能接受?但是,此人冷冷地将钱收回,放进自己包里的动作,再次浮现在她的脑海。这次,还能让巨款像鸽子一样飞走吗?

她决定不要六万了,"还是五万吧?行吗?"但人家摇摇头,就是不要。

"那么,四万吧,四万总行了吧?"

那人还是摇头,并做出要走的样子。

最后,竟然是三万五成交。这么来回一折腾,两万五千元就打了水漂!

阿立妻子究竟有怎样的内心风暴,大抵可以想象。这样的打击,对于她这样一个贫困的女人来说,无异于催命。

然而让她痛不欲生的事,还在后头呢。一年之后,她在一本拍卖图录上看到一只袖炉,与她出掉的那只几乎一样。一样的款式,盖子的纹样也别无二致。底款同样是四字篆书"张鸣岐制",甚至包浆都很接近。看上去亲切得就如家人。这样的一只袖炉,起拍价是八万。而一旁用水笔标注的成交价,竟然是二十一万元!

她一个礼拜卧床不起。阿立说，所以呀，女人是不能搞这个的。他们的目光短浅，心理承受力极差。古玩这个行当，有时候就像赌博，只能赢不能输，怎么行？捡漏吃仙丹的事千年也轮不到一趟，而吃药被骗，倒是常常有。你这种心态，实在是不应该！一件东西，买来一千元都不到，三万五出掉，利润可以了。别人就是卖一百万，也与你无关。你命里该赚的，就是这一段。看见人家赚就气成这样，你又没蚀！要是蚀了，还不跳楼！一千元卖给我的人，他要是知道咱们卖了三万五，他又会怎样？他要知道拍了二十一万，那还活不活？我是见得多了，不管赚还是蚀，那不会太往心里去。吃了仙丹，高兴一下，也就过去了。东西终究还会是别人的。人活得再长，长不过东西的。赚到了钱，最终也不能抱着钱去火葬场。左手来右手去，吃了药，买到了假东西，生一阵气，也过去了。谁让自己眼睛不如别人呢？东西往床底下一塞，打落牙齿往肚子里吞，不好意思说出来的。说出来只会让人笑话，让别人幸灾乐祸。还瞧不起你！

阿立用深刻的道理，治好了妻子的病。不过，她发誓，以后再也不卖掉任何东西了。看都不会再让别人看一眼！她做了十来只木箱子，把所有的宝贝都细心包好，分类装入箱内。箱盖则用钉子钉了起来。"谁也别想看！"她恨恨地说。

榔头敲得重了，把一只紫砂茶壶给震碎了。阿立见妻子又要犯病，忙宽慰她说："这虽是一把晚清老壶，但既非名家所制，工亦粗劣。唯一可取之处，在于泥料纯正，无毒无害。像这样的壶，不过区区几百元，打了也就打了吧。况且，碎得不算厉害，我认识济南一个七十多岁的老手艺人，可以用铜钉将它锔起来，照样可以用的。"

茶壶一共锔了三十几颗钉子，工钱花掉两千八。这又让妻子心痛了好一阵。说是一只破壶，买来不过几百元，修一下却花掉两千八，这不是本末倒置了吗？早知道这样，还不如干脆扔了呢！

锔过的茶壶，竟然严丝合缝，滴水不漏。这让阿立感到神奇。那两排蜈蚣一样的铜钉，看着也越来越顺眼，甚至可爱起来了。"残缺美啊！它是东方的维纳斯！"阿立赞叹道。

某日有客登门，见了这把茶壶，一见钟情，执意求让。阿立说，这本来就不是什么好东西，又是残了的，你若喜欢，拿去便是！

客人说：我不喜欢欠人情的，亲兄弟明算账，你出个价，钱

在的世道，人情淡如水，有困难找警察，警察也不会给你钱。要吃饭，要看病，要上学，还是得靠自己啊！

转眼女儿就考上了大学。不过考得不太理想，要上的那所大学，缺了几分分数，花的钱就很可观了。有人说，现在有三条蛇最厉害。一条是白蛇，那就是医院。人要是一生病，一进医院，钱就不是钱了。治个感冒也要几百上千。如果是大病，不治吧，一个人死；若是要治，那就是全家死了。因此背上的债务，可能几辈子都还不清。还有一条是黑蛇，那就是法院。在中国，你不能有事，要一有事，涉及诉讼，麻烦就大了。过去说，衙门八字开，有理无钱莫进来。今天你进了法院门，不管你有理没理，花钱才是刚刚开始。许多时候，花了钱，还输了官司。第三条蛇，是眼镜蛇，那就是教育。现在的孩子，从幼儿园起，就要花钱了。从入托开始，到大学毕业，一个小孩，总共要花掉多少钱，统计一下，是要吓煞人的。有钱人家无所谓，但是对于贫困家庭来说，钱这个字，不提起倒也罢了，一提起必定是两眼汪汪的。

阿立妻子不着急，她有好几箱宝贝呢。只要打开一只，取出几件，便可换来足够的钱，去铺平女儿通往大学之路。

一位阿立的生前好友，他是阿立活着的时候最要好，也是最是一定要付的。

阿立说:这样也好,那你就给我成本费吧,我也不赚你钱了。壶当初买来是七百块,锔工两千八,一共给三千五吧。

客人二话没说,取过茶壶,去卫生间倒掉茶水,扯过几张餐巾纸,将壶裹了,塞进包里,然后取出一刀百元钞:"给你一万!你一定要收下,总要赚一点才说得过去的。谢谢惠让!谢谢惠让!"一迭声地谢谢,抱着茶壶走了。

这件事告诉阿立夫妇,祸兮福所伏,一把茶壶,打掉了反倒付钱了。这谁又能想到呢?

以后要是再碰到天大的好事,不要太高兴。简单点高兴一下就行了。而若是遇上麻烦事倒霉事呢,也不要太难过伤心。因为坏事说不定什么时候变成好事了。

不过阿立不幸遇到车祸身亡,做妻子的老庄哲学学得再好,也是不可能把它看成是一桩好事的。她的伤心,是普天下所有未亡人的伤心,常人完全可以想见,此处不赘。

堪令未亡人感到安慰的是,阿立毕竟为她留下了几大箱子的东西。孤儿寡母,虽说家中失了顶梁柱,有了这些东西,心里是可以踏实的。遇到需要花钱的时候,总可以取出一两样变卖。现

仿佛能聽
孔那破
破雲一聲
無比惋
惜而輕嘆
鋦補之美
景山制

康熙青花觚為風雅大氣每去
博物館見之皆駐足凝視不忍
離去其古雅趣味令人深深著迷

此件輔為蓮業役花觚器形穩重
神情安寧孤傲氣勢玖年誠軒
柏召篆畫之若聞清和氣息

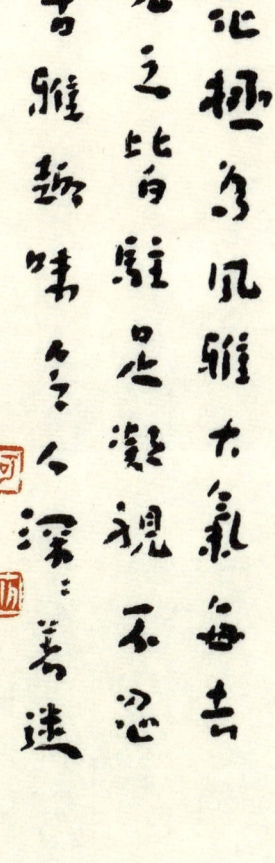

看来阿立那时候是瞎了眼了！把这样的哥们儿视为最可靠的朋友，还居然认为可以把孤儿寡母托付给他呢！他一辈子弄古玩，识真辨伪，没有首先学会识人啊！先是什么师父，转给他的第一件东西就是药。现在又是这个哥们儿，哪有什么兄弟情义啊，还不是一个乘人之危的贪婪奸刁的小人！面对阿立留下的这许多宝物，他当然是起了贪念了。他欺侮我女流之辈，对这些东西不懂，所以故意说它们全是假货破烂货。我可不会中他的奸计，不会相信他的鬼话，更不可能把东西交给他去卖掉的！

但问题是，谁又能来帮她确定，这些东西究竟是真是假，价值几何？

对拍卖公司，阿立生前不止一次对她说过，那是专门拍假卖假，猫腻花样百出的地方。因此在她心目中，无疑是黑店，是骗子集团。

那么，又有谁能够来认真地看一看她的东西，帮她一把呢？这个人不仅要人品好，而且要眼力好，真会看东西，真看得懂，又真心为她好，帮她。这样的人，到底在哪里？在这个纷扰的世界上，又到底有没有这样一个人呢？

信得过的人。阿立曾经还对妻子说起过,说古玩这一行,坏人实在太多了。但是这个哥们儿,人品好,眼力也不错。他还跟妻子开玩笑说,万一哪天自己不在人世了,妻子若是要改嫁,就嫁给这个哥们儿吧。只有嫁给他,阿立才会放心。所以未亡人要卖古董筹钱,首先想到的就是这个人。

哥们帮着嫂子打开木箱,一件件东西取出来,他一迭声地问嫂子:"这些东西真的是阿立哥的吗?你确定都是阿立哥的东西吗?"他的表情和眼神,在她看来是那么的奇怪。

"怎么啦?怎么啦?"她问他。

哥们也不回答,只是长叹一声,让她把其他木箱也打开看看。

一连开了三只木箱,哥们说,没想到啊,没想到,阿立这样精明的人,竟然藏了这么一大堆垃圾!凭他的眼力,不应该这样的东西也看走眼的呀!

她当然完全不能相信,阿立留给她的,大部分是赝品。这些男人活着的时候就被她强行收缴装箱密封的,竟然并非价值连城的宝贝,而只是一些赝品,或者就是一些并无太多价值的旧货吗?不可能的!谁又会接受这样的残酷结论呢?

夜深月過女墻來

这个可怜的女人，无比茫然地站在卫生间的镜子前，发现自己青春的容颜早已不再，愁苦的表情连自己看了都感到晦气。

后记

以前，我写很多很多小说，多到自己都懒得统计了。那时候我刚结婚，刚有了孩子。半夜起来给她冲了奶粉吃，吃了之后，得抱着她，否则她会全吐出来。我就抱着她写。那时候我在文化馆工作，我买了一台电脑放在单位。白天一到单位，我就开始写。后来，我母亲患了癌症，经常进医院。我就在医院写。直到她弥留之际，我守在她病榻边，手里一支笔，一个本子，还在写。

我为什么要写？

我似乎从来也不问自己。也没有人问我。我只是想写，愿意写。写的时候，忘记了周遭的现实，而曾经流淌在身边的现实，则变了形，到脑海里涌动。这是一种既忘我又非常自我的感觉。不知道是令自己痛苦呢，还是愉悦。这种感觉是奇妙的，非现实的。它只有在写作中才可能找到。我被这种感觉牵着走。我享受着这种感觉。

就像一种巨大的惯性。更像是一种对秘密体验的迷恋。上了瘾。成了一种强迫行为和强迫性的心理。

今天来回望那十年二十年，几乎是天天埋头写作的日子，意义何在？它好像真的没什么意义。那么多文字，在我的指间流出

何人戴得漁翁笠 蘸著秋江作釣筒

乙未暑心月寫儶櫚

来,生成,被刊物发表,印成书。然后被很少的几个人看见了,瞥了几眼。或者居然为它流了几滴泪。然后就合拢了书本。它蒙上了灰尘,再也不会被翻开。或者,就是打成纸浆,永远消失于人间。

如果我说,写作,写那么多小说,说那么多故事,讲那些男人女人老人孩子,讲他们的爱恨情仇生离死别,把无数的细节捕捉到,或者想象虚构出来,这些,这一切的一切,只是对写作者个人有意义,你会同意吗?

反正在我这里,就是这样的。

如果之前的二十多年,我不是一个狂热的写作者,如果我没有把大好的青春和几乎所有的时间都交给了写作,我会是一个什么样的人呢?我会过一种什么样的生活呢?我刻板地上班下班,去推销一些化妆品或者闻所未闻的生活用具。我或者开出租车,跟所有的客人胡扯中国的未来人类的希望。要不就是继续当教师,在课堂上讲学习雷锋的重要性,讲《荷塘月色》和《祝福》的中心思想段落大意。再或者,就是过一种游手好闲的生活——那才是我天性中的最爱。

但我选择了写作。没有其他各种的如果。我在写作中把自己一路擦亮。擦亮自己的情绪和内心。感觉在这条路上飞奔着，拖曳着自己，跑得很快，却又很安静。写作成了一种农活，一门手艺，一件让自己充实的事。不写难受。当然，在写作中，也会难受，经常会遇到一些困难。但是，它最终还是被克服了，或者绕开了。那就会很快乐。是不是很像打游戏？

简而言之，一个人，用他一生最好的年华，干同一件事，乐此不疲，这无论如何也是一件有意义的事。至少对他个人，是非常有意义的。

那些树，从种子到最后躯干倒下，先是悄悄地发芽，根在地下默默地伸展。向上长，往四周长，接受阳光雨露，也忍受风吹雨打。开花的时候，也不在乎什么人能够看到，不在乎有没有香气，只是绽开，只是怒放。或许闻到了自己的香，看见了自己的妖娆。或许把自己都感动了。然后凋谢。

后来，我爱上了别的事情。玩古这个事情，非常考验人的智力。你要去了解很多的东西，你要学习很多东西，要观察，要对比，要总结，要琢磨。要注意不能被许许多多的假象迷惑了双眼，要注意在众多的信息中辨别出哪些是真的，哪些是假的，哪些是看上去真的其实是假的，哪些是本以为是假的不料却是

害怕失去什么，不是这样吗？原来，我这个文艺老青年，到了该安度晚年的岁数，原来内心还是像有出息年轻人一样，把"志"看得很重啊！

这个志，还是小说。写小说这件事，原来，对我而言，依然是那么的重要！这个重要，没有深文大义，只是自己人生观价值观的一个支点和落脚。有了它，心里踏实，活得香甜。不虚无，不恍惚，不后悔。

所以，不管是否江郎才尽，我依然要写小说。这是我最珍视的一件事，应该是最值得干下去的事。生命不息，写作不止，这是一些人的追求，更是一些人的宿命。当然，人生移步换景，生活的兴趣不同了，视角转移了，知识点变化了，写出来的悲欢人生，也别是一番滋味了。最近两年，我的小说，背景似乎都离不开玩物和收藏。前年是《一刻》、《香如故》，以及同样发表在《收获》杂志上的《他日物归谁》。现在呢，又有了这个中篇《珠光宝气》。

玩物还将继续，小说决不放弃。

真的。真真假假，占据了你的绝大多数时间和精力。玩古挤走了写作的时间，它带来了别样的人生况味。有欢乐，有悔恨，有迷惑，有顿悟。

一件同样只对个人有意义的事，似乎要挤走另一件。

然而在我的内心深处，文学写作所打下的烙印，却是挥之不去。它经常在我的脑部生化反应异常，就像犯了毒瘾似地，它闪烁着，诱惑着，令我不安，让我惆怅。

我经常会在难以入眠的深夜，想到写作的意义，想到玩的意义。有时候我会安慰自己，人生一世，草木一秋，什么意义不意义，归根结蒂，就是要过好每一天，快乐每一天。当我弥留之际，回忆自己的一生，不为虚掷光阴而悔恨。因为我把我的一生，都交给了吃喝玩乐，交给了虽然不求上进但快乐而充实。这样的人生，即使是辜负了天下所有的人，也没有辜负自己呀！这样，难道还不能让自己安然长眠含笑九泉吗！

可是这样的自欺欺人，终究不能让我心安。我写一些与收藏有关的笔记，在一些报刊开设相关的专栏，我把栏目的名字写为《玩物志》。玩物丧志这个成语，我特别去掉了那个"丧"字。我是要表明，我的志一直都还在的，没有丧失。强调什么，就是

風雨晚來方定 乙丑筆墨翁

只是喫茶
甲午蔵

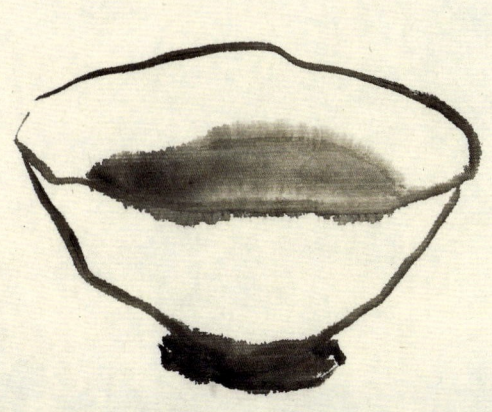

雨絲風片

罂翁

憶昔午橋之上飲坐中卻是豪英長溝流月去無聲杏花疎影裏吹笛到天明 乙未冬至後一日寫致一酷四嬰仁兄

金光の溢るる屋に生る香果 男耕写仏瓜布手

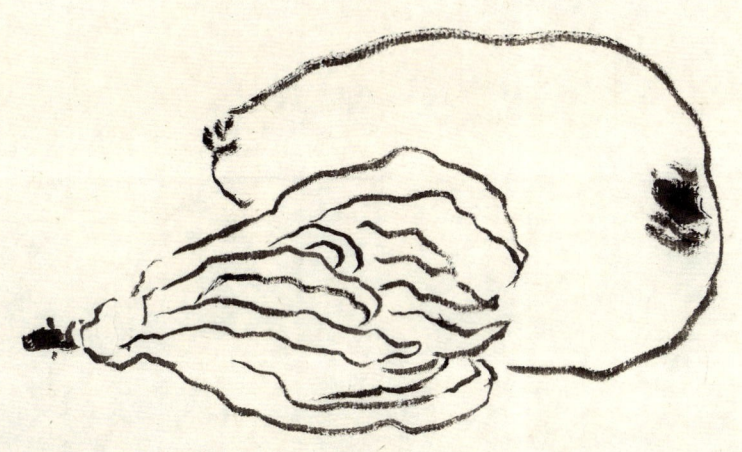

唐代善業泥像善業泥又名擦擦墨拓擬寫的佛骸甲午冬日墨美軒謹製於三戒

獸紋
瓦當
榮寶
齋製

瓦所有神像皆是白兔紋瓦當
靈姿 榮寶齋製箋
甲午秋 三石

起舞弄清影
何似在人間

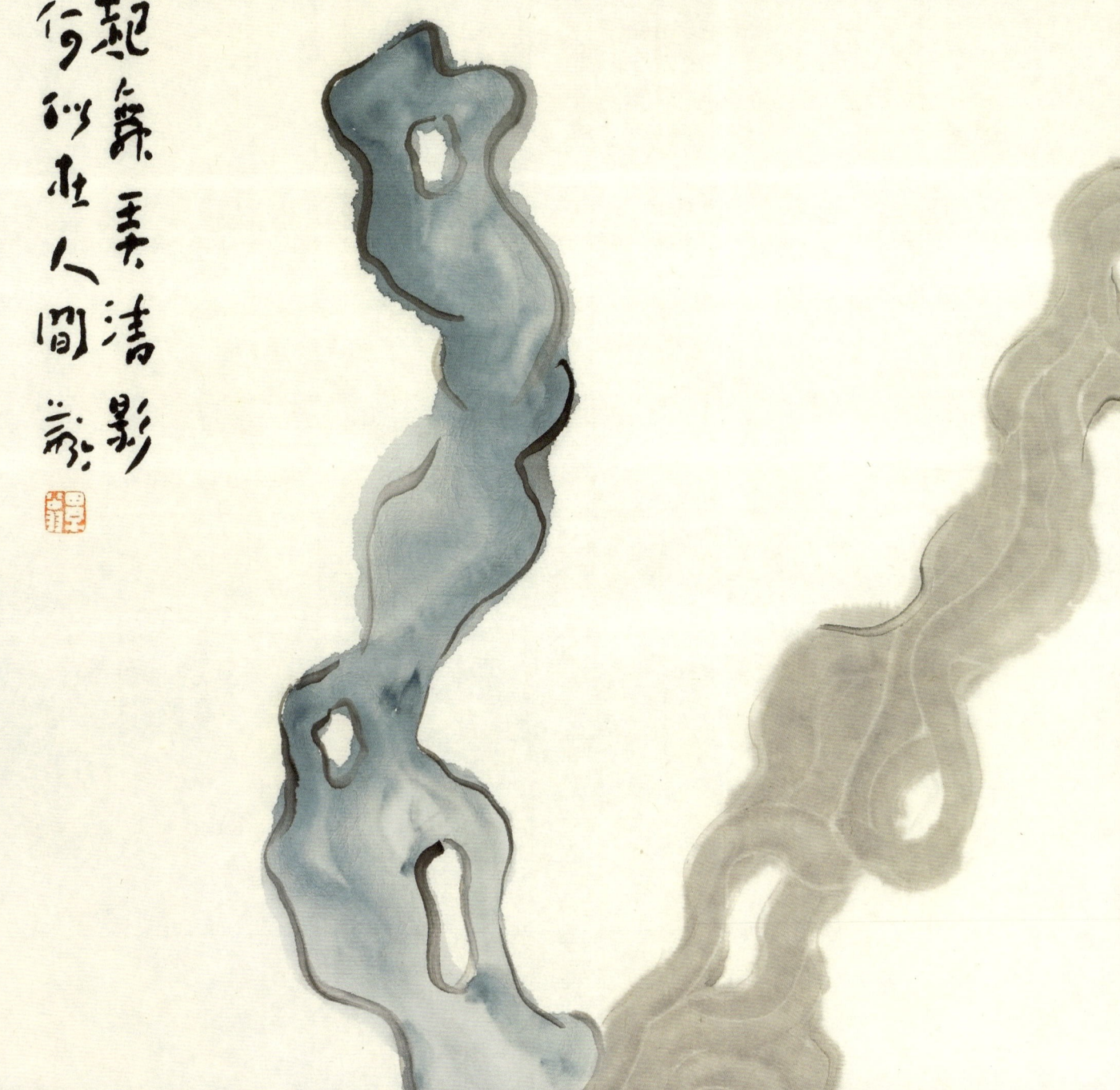

图书在版编目（CIP）数据

珠光宝气 / 荆歌著. -- 南京：江苏凤凰文艺出版社，2016
ISBN 978-7-5399-9476-5

Ⅰ.①珠… Ⅱ.①荆… Ⅲ.①长篇小说—中国—当代
Ⅳ.①I247.5

中国版本图书馆CIP数据核字（2016）第159515号

书　　名	珠光宝气
著　　者	荆　歌
责任编辑	赵　阳　胡　泊
书籍设计	瀚清堂·周伟伟
出版发行	凤凰出版传媒股份有限公司 江苏凤凰文艺出版社
出版社地址	南京市中央路165号，邮编：210009
出版社网址	http://www.jswenyi.com
经　　销	凤凰出版传媒股份有限公司
印　　刷	上海雅昌艺术印刷有限公司
开　　本	889×1194毫米 1/32
印　　张	13.5
字　　数	70千字
版　　次	2016年7月第1版　2016年7月第1次印刷
标准书号	ISBN 978-7-5399-9476-5
定　　价	58.00元

（江苏文艺版图书凡印刷、装订错误可随时向承印厂调换）